All unDOG control

Iris D. Chris

Das Buch:

Während Señor Comandante und Frau Sturm alle Pfoten voll zu tun haben, um ein abscheuliches Verbrechen aufzuklären, wundert sich Hund Ben in „Herrchen am Herd" über dubiose Geräusche und Vierbeiner Lino versucht in „Analog oder digital?" seinen Kumpel Bronco für das Thema Social Media zu erwärmen. Was wir mit unseren Hunden erleben und wie sie uns manchmal sagen, wo es langgeht, wird in zehn herrlichen Kurzgeschichten im zweiten Bellotristik-Sammelband „All unDOG control" treffend beschrieben. Geschichten, wie sie nur mit Hund(en) passieren.

Die Autorin:

Iris D. Chris war nach ihrer Ausbildung in der Modebranche für verschiedene Firmen tätig und viel unterwegs. Als sie sich in einer gesundheitlich bedingten Zwangspause ehrenamtlich als Gassigeherin in einem Tierheim engagierte, loderte ihre in ihrer Kindheit begründete Liebe zu Hunden wieder vollends auf. Kein halbes Jahr später war das Tierheim um einen Insassen ärmer.

Aus Interesse absolvierte sie eine nebenberufliche Ausbildung zur Tierheilpraktikerin, in der sie ihre Abschlussarbeit über BARF (Biologisch Artgerechtes Rohes Futter) bei Hunden schrieb, aus der auch ein Sachbuch entstand.

Heute ist die Autorin nach wie vor in ihrem erlernten Beruf tätig, lebt und arbeitet in der Nähe von Nürnberg, wo ihre Texte entstehen – inspiriert von Beobachtungen und eigenen Erlebnissen – und kann sich ein Leben ohne Hund nur schwerlich vorstellen.

All unDOG control

Iris D. Chris

Bibliografische Information der Deutschen Nationalbibliothek: Die Deutsche Nationalbibliothek verzeichnet diese Publikation in der Deutschen Nationalbibliografie; detaillierte bibliografische Daten sind im Internet über dnb.dnb.de abrufbar.

Umschlaggestaltung, Satz und Layout: Iris D. Chris
Verwendete Grafiken/Motive:
© zolotons von www.fotolia.de und © Iris D. Chris
Lektorat: Marion Voigt

1. Auflage, 01.05.2021
ISBN: 9783753444338
© 2021 Iris D. Chris

Herstellung und Verlag: BoD - Books on Demand, Norderstedt

Inhalt

And the winner is?

Morfois

„Was für eine *Odysseus*, meine Liebe! Die Busfahrer heutzutage sind doch wirklich unverschämt. Stell dir vor. Da bitte ich den Burschen, einfach ein paar Minuten zu warten, bis ich meine Tabletten aus der Apotheke geholt habe. Da zeigt der mir den Vogel, drückt auf seinen Knopf, sodass die Türen zuklappen, und fährt davon! Ich muss dir nicht sagen, dass die nächsten beiden Busse, warum auch immer, ausgefallen sind, oder?"

„Jetzt bist du ja da, Hilde. Gib mir doch erst einmal deine Jacke, den Schirm und die Taschen."

Schmunzelnd begrüßte Marry ihre Freundin, die sich mit krebsrotem Gesicht den Hut vom Kopf pflückte und ihren Jack Russell Rolando zu Boden ließ, damit er seinen Kumpel Bosch begrüßen konnte. Der stand zusammen mit Marry an der Wohnungstür und nahm die beiden in Empfang.

„Na, was für eine *Odysseus* habt ihr denn hinter euch?", fragte er seinen Freund Rolando grinsend, der im Übrigen nach einem Opernsänger benannt war. „Frag nicht. Das mit dem Busfahrer stimmt, der hat ihr wirklich im wahrsten Sinne des Wortes die Tür vor der Nase zugeschlagen. Aber sie kann auch nicht erwarten, dass er nach ihrer Pfeife tanzt, so wie sie es als verwitwete Zahnarztgattin von allen erwartet."

Und wie auf Kommando wetterte die gleich wieder los. „Das hätte doch wirklich nicht lange gedauert, die Apotheke liegt schließlich direkt gegenüber der Bushaltestelle. Außerdem hatte ich doch noch die drei Taschen. So was *igorantes*!"

Dass Hilde gerne Fremdwörter benutzte, wusste Marry. Anscheinend aber oft falsch, so schlussfolgerte sie, und das nicht zuletzt aus den Reaktionen der anderen Besucher in ihrem Stammcafé, in dem sie regelmäßig zu Gast waren. Marry konnte dazu allerdings nicht viel sagen, wusste sie doch selbst oft nicht, wie das ganze Fremdwörterzeugs richtig hieß. Genau aus dem Grund sah sie erstens davon ab, viele davon zu benutzen, und zweitens, ihre Freundin darauf hinzuweisen.

Sie spürte jedoch, dass es mal wieder an der Zeit war, die Weltanschauung Hildes etwas gerade zu rücken. Die war im Allgemeinen nämlich sehr ichbezogen. Dafür gab es auch irgendein Fremdwort, aber das wollte Marry partout nicht einfallen.

„Hilde, du weißt schon, dass die ihre festen Fahrpläne haben. Da können sie nicht auf jeden Rücksicht nehmen, der sie eben mal darum bittet, etwas zu warten."

„Bin ich jeder?"

„Natürlich nicht, aber du bist auch die Erste, die mosert, wenn ein Bus Verspätung hat. Und genau das wäre passiert, hätte der Fahrer wirklich auf die ‚Frau Zahnarztgattin' gewartet. Die Welt dreht sich nicht ausschließlich um dich, meine Liebe."

So schnell Hilde der Geduldsfaden riss, so schnell konnten manche Personen sie auch wieder beruhigen und auf den Boden der Tatsachen zurückholen. Und Marry war eine davon.

„Ach komm, vergessen wir das und setzen wir uns. Was hast du denn Schönes gebacken?" Hilde schritt durch den Flur ins Wohnzimmer, in dem der Kaffee-tisch bereits gedeckt war.

„Rhabarberkuchen mit Baiser. Solange es frischen Rhabarber gibt, sollte das genutzt werden."

Während sich die beiden Damen jetzt im Austausch der besten Zubereitungen von Rhabarber, Erdbeeren und den verschiedensten Früchten ergingen, natürlich ausschließlich in Kuchenform, machten es sich die beiden Jackys in Boschs Körbchen bequem.

„Und wie seid ihr letztendlich hergekommen?", fragte der.

„Willst du das wirklich wissen?" Rolandos Augen rollten bedenklich weit nach oben. „Erst hat sie dem Busfahrer noch hinterhergeschrien, er wäre ein *impotenter Mistkerl*. Da kannst du dir jetzt aussuchen, was sie wirklich gemeint hat – ob impertinent oder ignorant oder was auch immer. Aber egal. Jedenfalls haben wir auf die nachfolgenden Busse gewartet, von denen, wie du ja schon weißt, zwei nicht kamen. Als gegenüber ein Taxi von einem Mann angehalten wurde, hat sie wie wild mit ihrem Stockschirm gefuchtelt und den Taxifahrer am Losfahren gehindert, indem sie ihm direkt vors Auto gestoben ist. Dann stieg sie mit mir und ihrem ganzen Gepäck zu dem für uns völlig fremden Mann ein und hat dann gefragt, wohin er will. Der war natürlich total perplex und hat ihr sein Ziel genannt. ´Da liegt meine Adresse ja quasi auf dem Weg`, hat sie verkündet und dem Taxifahrer eure Straße und Hausnummer genannt. Als Zeichen, dass der jetzt losfahren kann, hat sie zweimal mit dem Stockschirm auf die Kopfstütze des Beifahrersitzes geklopft. Muss ich erwähnen, dass euer Haus nicht unbedingt auf seiner Strecke lag? Na, wohl kaum. Jedenfalls haben der Taxifahrer und der Fahrgast gespurt, wir sind hier ausgestiegen und bezahlt hat sie natürlich nix."

Bosch musste herzlich lachen und das Grunzen, das er dabei von sich gab, klang für die beiden Damen anscheinend so alarmierend, dass alle Aufmerksamkeit plötzlich auf ihn gerichtet war. „Boschi, was ist los? Hast du dich verschluckt?" Marry stand auf und kam zu ihnen. „Nicht, dass wir hier gleich Mund-zu-Hund-Beatmung machen müssen", orakelte Hilde, die prinzipiell immer vom Schlimmsten ausging. Rolando, verpasste Bosch einen kurzen Knuff. „Na? Lust auf Mund-zu-Schnauze-Beatmung von meinem Frauchen? Wäre doch was, oder?" Jetzt konnte auch er sich kaum noch beherrschen. Mit Lachtränen in den Augen sprang Bosch auf und packte seinen Kumpel spielerisch am Hals. Der ließ sich nicht lange bitten und raufte umgehend mit.

„Was habt ihr denn?", fragte Hilde.

„Spaß!", kläfften ihr alle beide entgegen. Marry sah zu ihnen, schmunzelte, und ging zurück an ihren Platz. „Die beiden kabbeln sich bloß ein wenig. Das kennen wir ja. Alles gut." Nach der kleinen Rangelei unter Freunden fiel Rolando noch ein: „Und während der kurzen Fahrt hat unsere liebe Hilde ihren Mitfahrer natürlich ausgequetscht bis zum Gehtnichtmehr, nur um ihm dann zu sagen, er solle doch mal über ein Bleaching seiner Zähne nachdenken. Bin ich froh, dass ich Hund bin. Als Mensch wäre sie mir ungleich peinlicher. Wie Marry das bloß aushält."

„Naja, mein Lieber, so ganz ohne bist du auch nicht", lachte Bosch. Rolando putzte gerade seine Vorderpfote und sah mit Unschuldsmiene auf. „Wieso? Meinst du etwa den Zwischenfall mit dem Pelzmantel? Ich wollte doch nur mal sehen, wie weit ich gehen kann."

„Erzähl noch mal", sagte Bosch und bettete seinen Kopf gemütlich auf den erhöhten Rand des Bettchens. Dieser Bitte kam Rolando gerne nach und erzählte, wie er mit Hilde auf der morgendlichen Runde regelmäßig die aufgetakelte Nachbarin traf, die bei ihrer ersten Begegnung sogar nach ihm treten wollte. Zum Glück konnte er rechtzeitig ausweichen, denn sein Frauchen führte ihn nur selten an der Leine. Und so blaffte Rolando, der Zweibeinern gegenüber im Allgemeinen ein friedfertiger Zeitgenosse war, die Frau jedes Mal an, wenn sie ihnen begegnete. Weshalb sie bei dem besagten ersten Aufeinandertreffen versuchte, ihn zu treten, war Hilde bis heute nicht ganz klar. Rolando schon, denn er hatte die Angst der Aufgetakelten gerochen, als er ihr näher kam, um den ihm noch unbekannten Neuling in der Nachbarschaft freundlich zu begrüßen. Zu Hilde sagte sie damals, sie solle ihre ekelhafte Ratte wegnehmen, was Hilde wiederum natürlich nicht tat, worauf die Nachbarin mit ihren hochhackigen Tretern nach Rolando trat. Und ihn zum Glück verfehlte. Trotzdem stieß er präventiv einen markerschütternden Schrei aus, so dass Hilde glaubte, er sei getroffen worden.

Das nachfolgende hässliche Streitgespräch ließ Rolando in seiner Erzählung aus. Lieber kam er direkt zu dem Punkt, an dem es für ihn lustig wurde. Das letzte Mal, als die beiden Grazien aufeinandertrafen,

12

blieb Rolando nämlich wider Erwarten ganz ruhig und bellte nicht. Was genau den Effekt erzielte, den er haben wollte. Beide Frauen blieben stehen und sahen verdutzt zu ihm herunter. „Haben Sie Ihren Köter unter Drogen gesetzt oder warum kläfft der mich heute nicht an?", sagte die Pelzbemantelte hochnäsig. „Wurde aber auch Zeit, dass Sie das Vieh mal unter Kontrolle bringen", näselte sie weiter. Sie drehte sich um und wollte weitergehen, als Rolando urplötzlich los spurtete, knapp vor ihren Kniekehlen einen Satz nach oben machte und sich in ihren zu kurzen Pelzmantel verbiss. Und wenn sich so ein Jack Russell und im Speziellen ein Rolando irgendwo hinein verbiss, dann war der da wie festgetackert. Rolando knurrte und schüttelte derart heftig an dem Saum des Pelzmantels herum, als wäre er im Begriff, eine Wildsau zu erlegen. Obwohl, genau genommen käme das auch irgendwie hin, warf er in seiner Erzählung ein. „Aber egal", sagte er, „nach der ersten Schrecksekunde wirbelte die Befallene wie verrückt um die eigene Achse", und Rolando hatte einen Heidenspaß dabei. Weniger lustig fand er das Gekreische, das sie dabei veranstaltete, denn das strapazierte seine Ohren sehr. Aber: Ein Hund musste Prioritäten setzen. Und da war die Achterbahnfahrt eindeutig höher einzustufen als das Gekreische. Was genau sie da von sich gab, wusste Rolando nicht mehr, er hörte nur etwas von „hinterlistiger Angriff", „abgerichteter Drecksköter" und „Anwalt". Hilde, die ausnahmsweise mal sprachlos war, verschränkte die Arme vor ihrer voluminösen Brust und sah amüsiert zu. Wie er aus der Situation wieder rauskommen würde, darüber hatte sich Rolando im Vorfeld keine Gedanken gemacht. Erst als er merkte, dass ihn langsam die Kraft verließ, befasste sich sein Gehirn damit. Da sie immer noch um sich wirbelte, konnte er nicht einfach loslassen, denn dann wäre er wahlweise auf die asphaltierte Straße geschleudert worden oder in die Rosenhecke von Nachbar Krausses Grundstück, auf dessen Höhe das Ganze stattfand. Noch während er sich überlegte, welche der beiden Optionen das geringere Übel wäre, bekam er unverhoffte Hilfe. Drei Nachbarskinder kamen mit Spraydosen bewaffnet ums Eck und riefen, dass die Mantelträgerin eine Tierhasserin sei, weil sie Pelz trage und Hunde quäle. Hilde setzte noch eins drauf und sagte, ein Pelzmantel mache sie bei ihrem Aussehen auch nicht schöner. Diese massive Konfrontation ließ die Nachbarin erstarren und das Gewirbel und Geschaukel hatte ein Ende. Die Kids zielten mit ihren Spraydosen auf den Mantel und wollten gerade loslegen, ihn zu besprühen, als Hilde und Herr Krausse fast gleichzeitig verbal einschritten. Rolando schmunzelte bei der Erinnerung daran und erzählte weiter. Herr Krausse, der das Geschehen anscheinend von Beginn an mitverfolgte, lief zu der Gruppe und bekam den Arm von Lea zu fassen, die als Erste bei der Hochnäsigen war. Er sagte in ruhigem, aber bestimmtem Ton, dass sie das besser nicht tun sollten, denn der Ärger, der danach auf sie zukommen würde, wäre diese Aktion nicht wert. In der Zwischenzeit war auch Hilde über die Straße gestapft, stellte sich vor die anderen beiden und bekräftigte die Aussagen von Herrn Krausse. Dadurch, dass alle still standen und sich auch die Pelzmantelträgerin zu dem Zeitpunkt nicht mehr bewegte, war es Rolandos Chance. Er ließ den Mantel los, plumpste auf den Boden und versteckte sich schnell hinter Hilde, die gerade mit den Kids über Sinn und Unsinn einer solchen Unternehmung diskutierte.

Die Mantelträgerin blitzte alle an und tobte, das werde ein Nachspiel haben. Herr Krausse, selbst Anwalt a. D., fragte gelassen, was genau sie denn meine, schließlich sei nichts passiert. Fassungslos starrte sie ihn an und entgegnete eisig, ein Angriff seitens dreier Jugendlicher und einer, so wörtlich, „alten Schachtel und deren Bluthund" sei ja wohl nicht *Nichts*. Hilde holte tief Luft, um dem Pelzmantel eine saftige Antwort entgegenzuschleudern, aber erneut griff Herr Krausse ein. Er könne sich nicht erinnern, sagte er, einen tätlichen Angriff gesehen zu haben. Die Anwesenden hätten sie lediglich darauf hingewiesen, dass sie das Tragen von Pelzmänteln „scheiße" fänden, wie er im Übrigen auch, aber natürlich würde er eine andere Wortwahl treffen. Das sei nicht sehr feinfühlig gewesen, meinte der Anwalt a. D., aber dafür könnten sie sich ja entschuldigen, fügte er hinzu und gab Lea und den anderen einen kleinen Schubs. Noch während die drei missmutig eine halbherzige Entschuldigung herunterbeteten, fing die Hochnäsige wieder an, der Hund, diese Bestie, habe sie ja auch angegriffen und dabei ihren teuren Nerz, übrigens ein Erbstück ihrer Großtante, Gott hab sie selig, in Fetzen gerissen. Mit gespieltem Erstaunen sah Herr Krausse herunter zu Rolando und wieder zurück zur Pelzträgerin. Nein, sagte er, davon habe er persönlich nichts mitbekommen. Er sah in die Runde, und auch alle anderen, die um sie herum standen, schüttelten den Kopf. Rolando und ein Angriff? Nie im Leben. Der könne doch keiner Fliege was zuleide tun, meinte Lea, nahm ihn auf den Arm und der Jack Russell schmiegte sich gleich an sie. Die Nasenflügel der Pelzbemantelten bebten und die Mundwinkel zogen sich hasserfüllt nach unten. Und wie, fragte sie in die Runde und griff nach ihrem Mantelsaum, wie würden sie die beiden Löcher hier in ihrem Mantel bezeichnen? Herr Krausse sah auf die beiden Stanzlöcher, die Rolando hinterlassen hatte, und sagte trocken, sie solle unbedingt ihre Schränke überprüfen, das sei eindeutig Mottenfraß in ihrem Pelzmantel. Jetzt fiel ihr endgültig nichts mehr ein. Sie strich den Mantel glatt und stob schnaubend davon. Als sie um die Hausecke verschwunden war, brachen die Anwesenden in schallendes Gelächter aus.

Bosch grinste ebenfalls vor sich hin. Diese Geschichte war eine seiner liebsten von denen, die Rolando in letzter Zeit erzählt hatte, deshalb hörte er sie immer wieder gern.

Der Nachmittag verging wie im Flug und während sich die beiden Hunde hauptsächlich über Erlebtes mit ihren Frauchen austauschten, hatten sich Hilde und Marry durch diverse Rezepte geplaudert und waren, wie immer an solchen Nachmittagen, am Ende bei den verschiedensten Diäten angelangt.

„Ach, das mit dem Abnehmen ist ein *Distaster*. Jetzt trinke ich schon die meiste Zeit noch solche Shakes, aber das hilft auch nicht", jammerte Hilde.

„Herrje, für mich wäre das nichts. Nur diese Shakes. Ich brauche zwischendurch etwas Festes, auf dem ich herumkauen kann."

„Natürlich. Das mache ich ja auch. Aber seitdem ich diese Shakes noch zusätzlich trinke, nehme ich zu statt ab."

Marry zog die Stirn in Falten und rollte mit den Augen. „Diese Shakes sind ja nicht zum Zusätzlichtrinken! Die sollen immer eine Mahlzeit ersetzen. Wenn du das zusätzlich zu dir nimmst, ist es klar, dass du nicht abnimmst. Hast du die Anleitung auf der Packung nicht gelesen?"

„Die sollen ganze Mahlzeiten ersetzen? Das ist ja unerhört. Wer soll denn davon satt werden, von dem Geschlabber?"

„Das weiß ich auch nicht. Deshalb probiere ich es gar nicht erst."

Die beiden Jackys hatten ihre eigene Unterhaltung unterbrochen und lauschten dem Gespräch ihrer Zweibeiner.

„Wenn die wüssten, dass wir fast jedes Wort verstehen."

„Das würde Hilde nicht daran hindern, den ganzen Tag irgendwelche Informationen rauszuposaunen."

„Marry würde sich schon ab und an überlegen, ob und was sie sagt. Die ist echt in Ordnung."

„Na, wenn du Hilde gewohnt bist, ist Marry fast schon zu langweilig. Aber jeder hat halt seine *Achillessehne*." Rolando giggelte und auch Bosch musste grinsen, obwohl sein Frauchen gerade als langweilig bezeichnet worden war. Er hätte nicht tauschen mögen.

„So, meine Liebe, ich gehe jetzt nach Hause. Ich will heute früh zu Bett. Ich starte doch morgen früh schon um fünf Uhr zum Comic-Salon nach Stuttgart. Danke noch mal, dass Rolando in den nächsten vier Tagen bei dir bleiben kann." Hilde erhob sich von ihrem Stuhl und ging zusammen mit Marry in den Hausflur, um Mantel und Hut anzulegen.

„Du und deine Comics. Das kann ich wirklich nicht begreifen. Ist das nicht eher was für spät pubertierende Männer?"

„Mit Verlaub, aber davon hast du keine Ahnung, meine Liebe. Das ist Kunst! Komm doch einfach mal mit."

„Lass mal, das ist nichts für mich. Aber schau, ist doch prima, dass ich hier bleibe. So sind Rolando und Bosch gut versorgt."

„Da hast du auch wieder recht."

„Siehst du dir heute Abend den *Tatort* an? Soll ja ein besonders spannender Fall sein."

„Nein, um die Uhrzeit liege ich heute längst in *Morfois* Armen."

Bei den letzten Worten schoss Rolando hoch. „Wer zum Henker ist *Morfois*? Den kenne ich noch gar nicht! Soll ich deswegen hier bleiben? Die schiebt mich ab? Ich dachte, die fährt nach Stuttgart, und jetzt erfahr ich, dass ich anscheinend nur überflüssig bin!"

Jetzt war es an Bosch, mit den Augen zu rollen. Ja, Rolando passte besser zu Hilde, als er sich eingestehen wollte. Er nahm ihn zur Seite und erklärte ihm in aller Ruhe, was es mit „Morpheus' Armen" auf sich hatte.

Nicht zum Verzehr geeignet

Mein Herrchen Simon und ich sind eigentlich ein tolles Team. Nur manchmal wird er zur Spaßbremse. So wie eben auf dem Spaziergang. Das nervt mich immer kolossal, aber nur kurz. Meist verzeihe ich ihm sofort wieder. So sind wir Hunde, wir leben im Jetzt. Und eigentlich sind wir ein tolles ... aber das sagte ich bereits.

Womit er mich nervt? Nun, er ist der Meinung, dass ich Dinge, die ich auf unserem Spazierweg finde, nicht in mich reinfuttern soll. Das ist etwas, was ich nicht nachvollziehen kann. Im Gegenteil, ich sehe das ganz anders. Denn ich mampfe nicht wahllos alles in mich rein, was mir unterkommt. Nein. Erstens habe ich da nur so meine Phasen, in denen ich das tue, und zweitens wähle ich im Vorfeld durch kurzes Beschnüffeln durchaus sorgfältig aus, welches gammelige Ding oder welche Hinterlassenschaft ich interessant finde. Und welche eben nicht. Aber das siehst du etwas anders, was, Herrchen?

Mannomann, Timmy. Jetzt habe ich dich gerade schon wieder davon abhalten müssen, irgendeinen ekeligen Dreck zu fressen. Ist ja schon widerlich genug, dass du ab und an so etwas Gammeliges in dich hineinstopfst, aber am schlimmsten finde ich, dass du das auch bei den Hinterlassenschaften von anderen Vierbeinern tust. Abgesehen davon ist es total gefährlich, dass du als Staubsauger durch die Welt läufst und dich von mir nur selten davon abhalten lässt oder nur dann, wenn ich schneller reagiere als du. Wir reden bei deinen Fundstücken ja nicht von liegen gelassenen Eins-a-Leckerli von anderen Mensch-Hunde-Gespannen. Jetzt stell dir doch mal vor, dass das, was du interessant findest und dir einverleiben willst, eine mit Gift oder Nägeln oder was weiß ich was präparierte Wurst ist? Das wäre eine Katastrophe! Leider geht dir unser Giftköder-und-Co-Training auch an deinem behaarten Hintern vorbei, was, Timmy?

Herrchen war jetzt schon ein paarmal mit mir in einem Kurs der Hundeschule, in dem ich, glaube ich, lernen soll, nichts vom Boden aufzusammeln. Da habe ich toll mitgespielt. Zum Beispiel bei der Übung, dass ich etwas Fressbares nur aus Herrchens Hand nehmen darf und nicht von einem Fremden. Aber ich kann eine Übungssituation erkennen und entsprechend agieren. Das mussten Herrchen und die Trainer neidlos anerkennen, denn im Hier und Jetzt nehme ich durchaus auch mal Leckerli vom Postboten oder von den Nachbarskindern oder … Mir hat noch nie irgendwer etwas Böses getan und warum sollte das auch jemand tun? Ich tu doch auch keinem was. Na gut, sehen wir mal von dieser einen dreisten und besitzergreifenden Nachbarskatze ab, die immer auf meinen liebsten Liegeplatz im Garten pisst. Wenn ich die mal erwischen sollte, dann weiß ich nicht, ob ich Pazifist bleibe. Aber bisher war sie immer schneller als ich – und sie kann auf Bäume klettern. So ist das nun mal.

Ui, da rieche ich schon wieder etwas Interessantes. Wie schaffe ich es jetzt, Herrchen nicht darauf aufmerksam zu machen, bevor ich es untersucht und kategorisiert habe. Am besten heuchle ich erst einmal vor, dass ich ganz normal weitergehe, vielleicht kann ich mich kurz zurückfallen lassen und in Ruhe die Lage checken. Ja, Herrchen, geh ruhig weiter. Gut so. Und noch zwei Schritte. Jetzt kann ich das hier kurz prüfen. Oh ja, ich glaube, ich nehme davon mal einen Happen.

„Timmy!!!"

Verdammt, hat er mich doch erwischt, bevor ich reinbeißen konnte. Jetzt fängt er sicher gleich wieder an mit seiner ‚Kotofrapie' oder wie er das immer nennt. Er kommt schon angelaufen.

Mensch jetzt reicht's aber für heute, Freund. Lass das liegen. Ich muss doch noch mal im Internet recherchieren, was genau die Ursachen für Koprophagie sind. Soweit ich mich erinnere, kann das eine Bauch-speicheldrüsen-Unterfunktion sein oder ein starker Wurmbefall oder aber auch einen Nährstoffmangel bedeuten. Am besten, ich gehe mal mit Timmy deswegen zum Tierarzt. Ich meine, so oft macht er das ja auch nicht, nur phasenweise, aber für heute reicht mir die Anzahl der Versuche. Da mag man ihn ja nach dem Gassigehen gar nicht mehr knuddeln, weil man nicht weiß, was er auf dem Weg vielleicht aufgesammelt hat. Auch wenn ich bereits aufpasse wie ein Luchs, legt er mich doch ab und an rein, mein verschlagener Bursche. Was mich auch ein wenig stolz macht, weil er sich immer wieder neue Wege ausdenkt, mich auszutricksen, und ich wiederum stets versuche, ihm gedanklich einen Schritt voraus zu sein. Nichtsdestotrotz ist es nicht in Ordnung und ich habe wirklich Angst, dass er mal etwas Vergiftetes erwischt. Man kann nie wissen, was sich ein krankes Menschenhirn so alles ausdenken kann. Jetzt komm schon, Großer, gehen wir weiter.

Das Gute an meinem Herrchen ist, dass er mich zwar manchmal kurz anschnauzt, aber mir gleich wieder gut ist. Finde ich prima. Der hat verstanden, dass Hunde im Hier und Jetzt leben und es uns nicht interessiert, was in der Vergangenheit war oder in der Zukunft kommen könnte. Mal abgesehen davon, dass

24

wir uns meist sowieso nicht daran erinnern können, was genau wir vor fünf Minuten vielleicht ausgefressen haben. Wir nehmen nur anhand des Tonfalls oder der Körpersprache von unseren Herrchen oder Frauchen an, das wir etwas gemacht haben könnten, was wir besser hätten sein lassen. Aber was das war, entzieht sich meist unserer Kenntnis. Lange Rede, kurzer Sinn. Mein Herrchen Simon lebt ebenso im Hier und Jetzt und ist da cool drauf – er lebt gewissermaßen hündisch. Das taugt mir. Jetzt muss ich aber langsam etwas aufholen, er ist mir schon einige Schritte voraus.

Was macht er denn jetzt? Rudert wie wild mit den Armen und kippt geradewegs nach vorne um. Da muss ich schnell hin. Hm, was riecht da so gut? Wie bitte? Herrchen liegt mit dem Gesicht mitten in einem Haufen frischer Pferdeäpfel! Das ist doch die Höhe! Mir verbietet er, so etwas zu fressen, und er selbst nimmt sich eine gehörige Portion davon. Ob das gut ist für ihn? Vielleicht sollte ich mich bei meinen Hundefreunden mal umhören, ob deren Herrchen und Frauchen auch so drauf sind.

Geheimnis

Es gibt Mittagessen! Also, nicht meines. Das habe ich schon vor zwei Minuten gefuttert. Heute gab es was aus der Dose, „Lamm mit Spinat und Quinoa". Lecker. Aber wie immer war die Portion zu klein. Manchmal frage ich mich, ob Herrchen und Frauchen mich verhungern lassen wollen. Oder zumindest, ob sie möchten, dass ich abnehme. Dabei höre ich sie doch immer sagen: „Der ist genau richtig so." Warum sie dabei immer lachen, weiß ich nicht. Und nachdem die Portion wieder einmal nicht derart üppig war, wie sie mir meiner Meinung nach zusteht, muss ich mich beim Mittagessen postieren. Also, jetzt bei dem Mittagessen meiner Familie. Denn das geht gleich los. Ich erkenne es daran, dass sie anfangen, Teller und Besteck herauszukramen. Deswegen renne ich geradewegs zum Esstisch und lege mich darunter. Genau zwischen den Stühlen von Frauchen und Herrchen, da ist der beste Platz. Sie scheuchen mich zwar meistens etwas weiter nach hinten, da ich angeblich ihre Beinfreiheit einschränke, aber manchmal lassen sie mich auch gewähren.

Gerade kommt Frauchen mit den Tellern, dann kann es nicht mehr lange dauern. Verdammt, sie läuft vorbei. Das ist der Nachteil am Sommer. Da vertue ich mich manchmal, weil ihnen einfällt, dass sie lieber draußen essen. Aber das macht nichts. Ich bin ja geübt. So schnell ich kann, wusle ich zwischen Frauchens Beinen und der Terrassentür nach draußen. Das bringt mir zwar einen leisen Fluch von ihr ein, weil die Lücke zwischen Türrahmen und ihren Beinen recht knapp war, das macht mir aber nix aus. Ich bin da, ich bin da. Schon stellt sie, immer noch vor sich hinmurmelnd, die Teller auf den neuen Tisch. Schade. Der alte war unter meiner Schnüffelhöhe. Das heißt, ich musste mich sogar etwas hinunterbeugen, um genauer an den Leckereien riechen zu können. Hab eben ein stolzes Stockmaß von fast sechzig Zentimetern! Im Frühjahr haben sie sich dann neue Möbel zugelegt und dieser Tisch ist nicht mehr so bequem mit meiner feinen Nase zu erreichen. Da muss ich mich schon strecken, um alle Einzelheiten aus der Nähe zu erriechen. Na, was soll's. Ein paar Dehnübungen schaden auch uns Hunden nicht. Frauchen geht wieder zurück und schon höre ich Herrchen herankommen.

Nach einem kurzen prüfenden Schnüffler meinerseits am Tisch entlang, natürlich erst nachdem Frauchen die Terrasse verlassen hat, lege ich mich unter denselben, damit Herrchen glaubt, ich läge schon die ganze Zeit da. Meiner Erstüberprüfung zufolge befindet sich nämlich noch nichts wirklich Essbares auf der Tischplatte. Aber jetzt, hmmh, das riecht gut. Herrchen hat gerade was gebracht und sobald er weg ist, wiederhole ich meine Schnupperprüfung.

„Hey, Henry, nimm deine Schlappohren vom Tisch", lacht Frauchen. Verdammt, wo kommt die denn so schnell her? Ihre Schritte muss ich glatt überhört haben. Eilig wuchte ich meinen schokobraunen Hintern wieder unter den Tisch, rolle unschuldig die Augen nach oben und harre der Dinge, die da kommen. Noch einmal erwischen lassen will ich mich nicht gerade. Jetzt erscheinen beide zeitgleich – das Mittagessen kann also beginnen. Das Klappern von Besteck und Tellern ist wie Musik in meinen Ohren und mein empfindlicher Riechkolben verrät mir, dass es feinstes Rindfleisch mit einer dicken Soße gibt. Und Nudeln. Aber im Gegensatz zu manchem meiner Hundefreunde mag ich die schlabberigen Dinger nicht besonders. Als sie sich anfangs noch ab und zu in meinen Hundenapf verirrten, sortierte ich sie Stück für Stück fein säuberlich heraus und legte sie am Boden ab. Das gefiel Frauchen damals nicht so unbedingt. Aber jetzt schweife ich ab. Besser, ich konzentriere mich aufs Wesentliche. Nachdem die beiden schon seit geraumer Zeit essen, also ungefähr seit ein bis zwei Minuten, ohne dass ich etwas abbekommen habe, beschließe ich, meine Strategie zu ändern. Ich stemme mich hoch und überlege kurz, ob ich mich besser zu Frauchen oder zu Herrchen gesellen soll. Frauchen ist zwar in der Regel strenger mit mir, aber wenn ich meinen schmachtenden Blick auf sie lege, bekommt sie meistens sofort ein weiches Herz. Herrchen ist im Alltag lässiger, aber fast genauso verfressen wie ich und deshalb vergisst er mich gerne. Schwere Entscheidung. Ich wähle einen Mittelweg und setze mich weder zum einen noch zum anderen, sondern an das Tischende, direkt gegenüber von Herrchen und seitlich neben Frauchen. So können mich beide nicht übersehen. Zumal ich meine Schnauze kurz mal über den Tisch schiebe. Frauchen sieht das sofort. Sie bekommt große Augen und ich merke, dass sie mich rügen will. Aber sie hält inne.

„Schau mal, er bekommt immer mehr graue Härchen an der Schnauze", sagt sie und Herrchen sieht auch zu mir herüber. Jetzt bedenken mich beide mit komischen Blicken. Das ist gerade etwas mehr Aufmerksamkeit als gewünscht. Ich werde unsicher und lecke mir kurz über den Fang. Das wirkt. Sie sehen wieder weg und essen weiter. Abbekommen habe ich noch immer nichts. Und das nach drei Minuten! Ich verweile noch kurz auf meinem Platz, als ich mich dazu entscheide, nochmals die Position zu wechseln. Ich tapse ein paar Schritte und lege mich auf meinen angestammten Terrassen-Liegeplatz. Ein quadratisch geformter wunderbar weicher grüner Teppich aus dem Möbelhaus. Den liebe ich. Herrchen sieht mir schmunzelnd zu. „Strategieänderung", murmelt er leise vor sich hin und löst damit einen Seitenblick von Frauchen aus. Und ein Lächeln. Ich liebe es, wenn mein Frauchen lächelt. Nur deshalb gebe ich beim Gähnen frühmorgens, da sie um die Uhrzeit meist recht muffelig ist, die unterschiedlichsten Töne in den verschiedensten Klangfarben von mir, die sie als „Jodeln" bezeichnet. Und dann lächelt sie. Hach. Aber ich schweife schon wieder ab. Ich liege also auf meinem Stück Polyesterwiese, mein Kinn auf die rechte Vorderpfote gebettet, und rolle wieder meine Augen nach oben. Ich will unwiderstehlich aussehen. Mit Erfolg. Denke ich.

„Schau, wie drollig er wieder schaut." Da hege ich Hoffnungen.

„Ja, versucht wieder, auf unwiderstehlich zu machen." Hey, bin ich doch auch! Wollen die mich veräppeln? Ich rolle die Augen noch etwas höher. Das wirkt meistens.

„Lang halte ich das nicht mehr aus." Ui, Frauchen hab ich gleich so weit. Herrchen sagt nichts. Und Frauchen dann auch nicht mehr und sie essen weiter. Meine Hoffnungen schwinden und ich hebe den Kopf. Soll das wirklich wahr sein und die wollen mir nix abgeben? Immerhin sind seit dem Beginn des

Mittagessens schon mindestens vier Minuten ver-
gangen. Das geht so nicht weiter.

Oder die vergessen mich, weil ich nicht nahe genug
am Geschehen dran bin. Das wird es sein!

Ein erneuter Positionswechsel erscheint unumgäng-
lich. Wieder hieve ich meine nicht mehr ganz jungen
Knochen hoch. Es knackt im Hüftgelenk. Aber Hund
muss Prioritäten setzen, und eine schmerzende Hüfte
ist weniger wichtig als ein Stückchen vom Rinder-
braten. Oder zwei. Direkt an Frauchens rechter Seite

setze ich mich hin. Jetzt kann und darf sie mich nicht übersehen. Und ich sehe, dass sie schmunzelt.

„Ich glaube, Henry denkt, wir übersehen ihn."

Na, das kann man wohl sagen. Sonst hätte ich doch schon was von eurem Essen bekommen, oder? Frauchen dreht sich zum mir um, streicht mir kurz über den Kopf, was ich in diesem Moment mehr schlecht als recht über mich ergehen lasse. Da sind wir wieder bei dem Thema Prioritäten. Und gestreichelt werden gehört momentan eindeutig nicht dazu. Aber es führt zu einem ersten Erfolg. Gleich danach bekomme ich von ihr ein Stück Braten. Den Hinweis von Herrchen, ich solle ihn nicht einfach hinunterschlucken, sondern wenigstens ein- bis zweimal darauf herumkauen, habe ich wie immer ignoriert. Lecker ist er trotzdem, der Braten. Herrchen schabt bereits mit dem Besteck die letzten Reste zusammen. Der soll gerade mal was sagen. Von wegen Schlingen und so. Ich konzentriere mich lieber auf Frauchen. Und tatsächlich. Nur wenig später bekomme ich noch ein Stückchen. Sogar mit Soße. Und ich kaue, immerhin zweimal. Ist ja nicht so, dass ein älterer Hund nicht lernfähig wäre. Zumindest für den Moment. Frauchen ist fertig. Jetzt konzentriere ich mich kurz noch mal auf Herrchen. Ich stehe auf, laufe zu ihm und setze mich hin. Er hat das Besteck längst beiseitegelegt. Aber meine Instinkte sagen mir, auch ohne dass ich meine Nase beanspruche, dass da etwas für mich übrig ist. Und so harre ich aus. Den Kopf schon leicht gesenkt, denn die Konzentration und das Betteln bei so einem Mittagessen machen schläfrig.

Plötzlich höre ich Herrchen lachen. „Ich bin mir sicher, er kann rein anhand der Windbrechung hören, welche Art von Fleisch noch auf dem Teller liegt und vor allem, wie groß das Stück ist." Mein Kopf fährt hoch. Verdammt! Wie hat er eines der meistgehüteten Geheimnisse der Hundewelt erraten? Denn genau so ist es! Ich frage mich, wann und womit ich mich verraten habe. Ich springe auf, nehme hastig das von ihm angebotene letzte Stückchen Fleisch an und lege mich zurück auf meinen Flauschteppich. Ich muss unbedingt in Ruhe darüber nachdenken, wie er das herausgefunden hat.

Señor Comandante
und Frau Sturm

Es war ein unfassbar schöner Frühlingsmorgen, als Lena, die darauf bestand, Elena genannt zu werden, da es ihrer Meinung nach exotischer und eleganter klang, durch die Gärten stolzierte. Sie machte Halt vor einem Fliederbusch, schnupperte an den Blüten und bewunderte die wenigen prallen Knospen, die sicherlich im Laufe des Tages aufspringen würden. Genau hier wollte sie ein wenig verweilen. Sie setzte sich, sah von links nach rechts und begann versonnen, ihre pechschwarzen Pfoten zu putzen. Sie war eine der schönsten Katzen in der Siedlung und bekannt für ihren Hang zu allem Spanischen. Sie hatte es sich sogar angewöhnt, beim Sprechen leicht zu lispeln, da sie annahm, dass das besonders spanisch wirkte. Nicht ein einziger spanischer Vorfahr fand sich in ihrem Stammbaum. Nein, dieser Nimbus wurde künstlich von ihr heraufbeschworen und funktionierte in ihrem Umfeld alles in allem recht gut. Mal abgesehen von ihrem Bruder und seiner Schlägerbande. Die machten sich regelmäßig lustig über sie, ließen sie aber sonst in Ruhe. Alle anderen hatten sich längst an ihre Allüren und an ihren Hang zum Übertreiben gewöhnt. Umso gereizter war sie gewesen, als vor drei Jahren ein Schäferhund in ihre direkte Nachbarschaft zog, der tatsächlich spanische, genau genommen kubanische Vorfahren in seinem Stammbaum nachweisen konnte – und zwar schwarz auf weiß. Im Grunde genommen kam sie mit Hunden gut aus, aber bei Señor Comandante, wie er hier in der Siedlung der Einfachheit halber genannt wurde, da sein gesamter Name nämlich mindestens sieben Vornamen und zwei Zunamen umfasste, hatte sie ihre Probleme.

Elena unterbrach ihre Schönheitspflege, denn der Wind wehte ihr einen unangenehmen Geruch in die Nase. Puh, wie eklig, dachte sie und pustete die eingeatmete Luft angewidert schnellstens durch die Nase wieder aus. Da musste sie doch gleich ein weiteres Mal am Flieder schnuppern. Sie drehte den Kopf nach rechts unten, um sich an einer besonders schönen Blüte zu laben, und erstarrte.

„Dios mío!" Elenas gellender Aufschrei ließ die Katzen und Hunde im Umkreis von einem Kilometer aufmerksam werden. Sie machte einen Satz und landete auf allen vieren einen halben Meter weiter links. Sie zitterte und ihre Haare standen am ganzen Körper aufrecht. Nachdem sie ihr erstes Entsetzen überwunden hatte, hielt sie, so gut es ging, die Luft an und wollte nachsehen, was oder wer ihr einen solchen Schrecken eingejagt hatte, um sich gehörig zu beschweren und dem Missetäter gegebenenfalls ordentlich eine auf die Fellpfoten zu geben. Sie begab sich in ihre beste Anschleichposition und pirschte sich Zentimeter um Zentimeter weiter in Richtung Fliederbusch. Elena unterdrückte den Wunsch, die Aktion abzubrechen, da der Geruch immer abscheulicher wurde und ihr die Situation nicht geheuer war, doch Elenas Neugierde siegte. Hätte eine Nachbarskatze sie ins Bockshorn jagen wollen, wäre die längst aus ihrem Versteck hervorgeschossen und hätte ihr ins Gesicht gelacht. Aber dem schien nicht so zu sein, denn es war verdächtig ruhig unter dem Flieder. Was sie entdeckte, als sie vorsichtig in den Busch spähte, ließ sie erschaudern. Wieder einmal hasste sie sich für ihre eigene Neugier.

Vor ihr lag Carlo, der mächtige getigerte Kater, den sie schon kannte, seit sie hier lebte. Regungslos und den üblen Geruch nicht mehr wahrnehmend, schaute er sie mit starren Augen an. Kein Zweifel, er war mausetot.

Carlo war der Erste überhaupt gewesen, der sie Elena nannte, nachdem sie es allen verkündet hatte und dafür belächelt wurde. Und er war es auch, der sie als junges Kätzchen unter seine Fittiche nahm, ihr zeigte, wie man sich behauptete und wo es die besten

Jagdgebiete und die unvorsichtigsten Mäuse gab. „Jeder darf so leben, wie er es sich vorstellt, wenn er andere damit nicht verletzt", hatte er immer gesagt. Ein weiser alter Kater. Elena robbte mit angelegten Ohren nahe an ihn heran. Carlo war nicht nur tot, er war auch voll Blut. Elena schluckte einige Male kräftig, um ihre aufkommende Übelkeit zu vertreiben. Aber es half alles nichts. Direkt neben Carlo erbrach sie sich.

„Oh mein Gott", hörte sie die Stimme von Frau Sturm hinter sich, die ihren Kopf durch die Blätter steckte. Elena drehte sich ruckartig um. Einem Reflex folgend kreischte sie: „Ich war das nicht!"

„Wer war was nicht?", kam ihr ein monotones Grummeln entgegen. Der zerzauste Kopf von Zipp erschien.

„Das da! Ich hab Carlo nichts getan! Verdammt ... bin ich bescheuert? Er liegt doch in eurem Garten! Carlo ist tot!", plauderte Elena durcheinander und hätte sicher noch weitergebrabbelt, wenn Frau Sturm ihr nicht schon fast hypnotisch in die Augen gesehen hätte. „Jetzt atme mal tief durch, Schätzchen, und komm raus aus dem Busch", sagte sie und ihr Kopf verschwand. Frau Sturm, eine der ältesten Katzen der Umgebung, und Zipp, ein strubbeliger Rauhaardackel, lebten in dem Haus, in dessen Garten sich Elena gerade befand. Zipp, der nicht als Jagdhund taugte, da er im Gegensatz zu den meisten Vertretern seiner Rasse ein eher behäbiger Zeitgenosse war, tauschte einen kurzen Blick mit Frau Sturm. Nach ihrem kaum merklichen Kopfnicken bohrte er sich nun komplett durch die Äste und Blätter hindurch und zwängte sich neben Elena und Carlo.

„Wenn ihr mich fragt", sagte er zwischen zwei kurzen Schnüfflern, „ist Carlo keines natürlichen Todes gestorben."

„Ach, du Blitzmerker!", fauchte Elena, die sich noch keinen Millimeter von Carlo wegbewegt hatte. „Das hätte ich dir auch sagen können. Und ich sag dir noch was. Das war sicher einer deinesgleichen!"

„Elena, jetzt komm doch erst mal heraus aus dem Fliederstrauch. Du solltest da wirklich nicht bleiben", beschwichtigte Frau Sturm. „Zipp sieht sich Carlo kurz an und dann holen wir Señor Comandante hinzu. Der ist unsere beste Spürnase."

Elena stöhnte auf. Der Comandante, dachte sie, der hat mir gerade noch gefehlt.

„Wozu brauchen wir den? Carlo ist tot und der macht ihn auch nicht wieder lebendig", maulte sie mittlerweile mit Tränen in den Augen, wackelte der Katze aber dennoch entgegen.

„Hola, Señoritas", schallte es durch den Garten, noch bevor Frau Sturm etwas auf Elenas skeptische Frage erwidern konnte. Mit langen Schritten und steil aufgestellten Ohren stolzierte Señor Comandante auf sie zu. Obwohl er erst gut fünf Jahre alt war, hatte er eine leicht ergraute Schnauze, die im vorderen Bereich der Oberlippe einige schwarze Haare zierten, sodass es aussah, als trüge er einen kleinen Oberlippenbart. Sein pechschwarzes Deckhaar glänzte in der Sonne. „Qué ha pasado, mi amigas?", fragte er mit leicht zur Seite geneigtem Kopf. „Was ist passiert? Es riecht grauenvoll und ihr beide seht aus, als hättet ihr den Tod gesehen."

„So ist es auch", grummelte eine Stimme. Nur Zipps Schnauze lugte zwischen den Blättern hervor. „Komm und sieh dir die Bescherung an", nuschelte er. Wie immer bekam er kaum die Zähne auseinander. Möglichst alles mit minimalem Aufwand betreiben, das war trotz seiner noch jungen Jahre stets die Devise. Außer bei Diskussionen, da blühte er regelrecht auf.

Señor Comandante sah zu Frau Sturm. „Was erwartet mich, guapa?"

„Carlo. Er ist tot", wisperte Frau Sturm. Sie und Señor Comandante waren bei seinem Erscheinen in ihrer Siedlung sofort beste Freunde geworden. Der Schäferhund bezeichnete sie gerne als „Seelenverwandte". So weit würde Frau Sturm, die ihren ungewöhnlichen Namen schon von Welpenbeinen an trug, da sie nach einem Sturm verlassen und verängstigt von ihren Besitzern in deren Garten gefunden und sofort adoptiert wurde, nicht gehen. Dafür war sie zu pragmatisch. Aber dass sie beide auf einer Wellenlänge lagen, obwohl das bei Hund und Katze nicht unbedingt üblich war, das konnte auch sie nicht von der Pfote weisen.

„Bleibt draußen, ihr Lieben", sagte er und straffte die Brust, „ich sehe ihn mir an."

„Ich sehen mir ihn an", äffte Elena Señor Comandante nach, verstummte aber sofort, als Frau Sturm sie strafend ansah. Elena hatte ihre Problemchen mit ihm und konnte sie nicht einmal in dieser Situation hintanstellen. Die beiden Katzen schauten ihm zu, wie er sich mit etwas Mühe in den Fliederbusch zwängte. Zipp saß neben Carlo und sah den Schäferhund erwartungsvoll an.

„Oh je, armer Carlo", brummte Señor Comandante, „wer hat dir das auf deine alten Tage nur angetan?" Er erkannte wie Zipp sofort, dass Carlo Opfer eines Verbrechens geworden war. Eingehend und ohne ihn zu berühren, besah er sich den Kater. „Zipp, hier wurde ein Mord begangen. Wir sind es Carlo schuldig, dass wir versuchen, herauszufinden, was geschehen ist und wer das war."

Ohne eine Antwort abzuwarten, die von Zipp wahrscheinlich ohnehin nicht gekommen wäre, quetschte er sich rückwärts aus dem Busch und stellte

40

sich kerzengerade vor seine Freundin. „Frau Sturm, wir haben den Mord an unserem Freund aufzuklären. Kann ich auf deine Unterstützung zählen?"

„Das ist doch selbstverständlich, mein Lieber."

Er drehte seinen Kopf in Richtung Elena. Natürlich wusste er, dass sie nicht besonders gut auf ihn zu sprechen war, davon ließ er sich aber nicht im Geringsten beeindrucken und wollte haarklein von ihr wissen, wann und wie sie Carlo entdeckt hatte.

Anfangs ließ Elena sich buchstäblich jedes Wort aus der Nase ziehen, doch dann plauderte sie bald wie ein Wasserfall. Was nicht einer wachsenden Zuneigung dem Schäferhund gegenüber, sondern allein der Aufregung geschuldet war.

Nachdem Elena ihre Geschichte beendet hatte, saß der Comandante noch eine Weile still auf seinem Platz und sann über das Gesagte nach. Dann hob er an: „Ich glaube nicht, dass Carlo seine starken Verletzungen unter diesem Flieder beigebracht bekam. Er hat sich hierhergeschleppt, um wenigstens in Ruhe zu sterben."

Frau Sturm hatte bereits den gleichen Gedanken, aber da ihr Freund diese Tatsache so offen aussprach, stellten sich ihr die Nackenhaare auf. Wirklich niemand hatte solch ein Ende verdient und schon gar nicht Carlo, war er doch einer der tolerantesten, klügsten und friedfertigsten Vierbeiner der Umgebung gewesen. Eine ungeheure Wut durchflutete sie. „Wir sind es ihm schuldig, ja. Lasst uns seinen Mörder finden!", brauste Frau Sturm plötzlich auf. „Diese widerliche Tat muss aufgeklärt werden."

„Wo fangen wir an?", fragte Zipp und gab somit die Information, dass er sich an der Mördersuche beteiligt. Nur Elena blieb stumm.

„Wir machen uns zunächst auf die Suche nach dem Ort, wo das Ganze geschehen sein muss. Zipp, Frau Sturm, ihr habt beide sehr gute Spürnasen. Lasst uns gemeinsam den Bereich rund um den Fliederbusch absuchen, um mögliche Spuren zu finden, die wir verfolgen können." Er drehte sich um. „Elena, möchtest du uns helfen oder willst du dich lieber von dem Schrecken etwas erholen, meine Liebe?"

Elena sah Señor Comandante an. Wieso nennt er mich „meine Liebe"?, dachte sie. Um etwas Zeit zu gewinnen, leckte sie zweimal über ihre rechte Pfote und fuhr sich damit über Augen und Nase. Sie fühlte sich elend. Der Tod von Carlo ging ihr nahe und sie wäre lieber nach Hause gelaufen und hätte sich drei Tage lang im Haus verkrochen. Aber es erschien ihr sinnvoll zu sein, sich anzuschließen. Auch wenn es ihr zum jetzigen Zeitpunkt viel abverlangte und ihr die Gegenwart des Schäferhundes nicht sonderlich behagte. „Nein, ich muss mich nicht ausruhen", sagte sie und sah den Comandante mit festem Blick an, „ich komme mit."

Señor Comandantes Augen weiteten sich ein wenig. Damit hatte er wohl nicht gerechnet. Seine Skepsis ließ er sich allerdings nicht anmerken. „Bueno", sagte er, „dann lasst uns starten."

Mit ihren Nasen am Boden starteten drei der vier Ermittler vom Fliederbusch ausgehend ihre Runden und weiteten die Kreise immer mehr aus. Elena hielt sich etwas im Hintergrund. Obwohl die Vierbeiner zunächst in verschiedene Richtungen gestartet waren, kamen sie alle nach einer kurzen Weile an ein und demselben Punkt zum Stehen. Hier musste das Unglück passiert sein. Es roch nach Angst, Wut, Kampf und nicht zuletzt nach Blut. Frau Sturm und Zipp ließen Señor Comandante den Vortritt, um die Stelle zu untersuchten. Zuerst nahm er den Platz von den unterschiedlichsten Positionen ausgehend in Augenschein, ging dann mit seiner Spürnase den verschiedenen Gerüchen auf die Spur, um sich anschließend direkt davor mit lang ausgestreckten Vordergliedmaßen abzulegen, seinen Kopf nachdenklich darauf zu platzieren und die Augen zu schließen. Elena fand das ganze Prozedere lächerlich und übertrieben, versteckte ihren spöttischen Blick aber schnell, indem sie die Augen niederschlug, als Zipp zufällig zu ihr hersah. Keiner sprach. Als der Schäferhund die Augen wieder öffnete, sagte er: „Bitte, macht euch selbst ein Bild. Ich schlage vor, am besten der Reihe nach, damit sich jeder für sich auf das vermeintlich Geschehene konzentrieren kann. Elena, möchtest du anfangen?" Jetzt wurde es ihr zu bunt. Was war das denn für eine Show, die der alberne Möchtegern-Detektiv hier abzog? Was sollten sie hier denn herausfinden? Eines stand für sie ohnehin fest: Eine solche Schweinerei konnte keine Katze angerichtet haben. Mehr brauchte und wollte sie nicht wissen.

„Nein, das möchte ich nicht, Señor", lispelte sie leicht süffisant. „Ich möchte ehrlich gesagt doch lieber nach Hause gehen. Was wollt ihr hier denn ausrichten? Glaubt ihr ernsthaft, nachvollziehen zu können, was passiert ist?" Sie sah die drei feindselig an und setzte hinzu: „Und falls doch, macht das Carlo auch nicht wieder lebendig."

Zipps buschige Augenbrauen zuckten kurz nach oben. „Du willst damit bekräftigen, dass das mit Carlo nur ein Hund gewesen sein kann, oder?"

„Weshalb bekräftigen?", wollte der Comandante wissen. Zipp holte Luft, aber Elena war schneller und vergaß sogar, zu lispeln, als sie ihm entgegenfauchte: „Weil es so ist. Das habe ich gleich gesehen, dass das nur ein Hund gewesen sein kann. Und da spare ich mir das Theater hier lieber, bevor ich noch mal kotzen muss." Sie wandte sich ab und stolzierte in Richtung Zuhause davon.

„Elena, was ist los?", rief der Comandante ihr hinterher. Elena ignorierte ihn.

„Dann machen wir ohne sie weiter", sagte Zipp ungerührt. Frau Sturm, die wegen des Ausbruchs ihrer Nachbarin peinlich berührt war, pflichtete ihm bei und fügte hinzu: „Ich rieche zwar auch, dass ein Hund hier war. Aber mir kommt es so vor, als ob er nicht an dem eigentlichen Geschehen beteiligt war. Wie seht ihr das?"

„Da hast du vollkommen recht, querida, das sehe ich genauso. Und du, Zipp?"

„Dito. Meine Spürnase sagt mir, dass es einer der Neuzugänge gewesen sein könnte, die im alten Haus von der Frau Dingsda wohnen. Ihr wisst schon, die, die keine Haustiere hatte und weggezogen ist."

Señor Comandante schmunzelte. Zipp konnte oder wollte sich nur Namen von Zweibeinern merken, die Hunde oder Katzen hatten. „Sehr guter Hinweis, ich konnte den Geruch gerade nicht zuordnen. Dann lasst uns den Neuen doch mal einen Besuch abstatten. Wann sind sie denn hergezogen und um wie viele Vierbeiner handelt es sich?"

„Zwei Kater, eine Hündin, ein Rüde", antwortete Frau Sturm. „Das war vergangene Woche, als du mit deinen Leuten an der Nordsee warst. Zipp und ich hatten sie beim Einzug beobachtet und wir wollten sie zusammen begrüßen, aber da kam mir meine verstauchte Pfote dazwischen und der Tierarzt meinte, ich dürfe einige Tage nicht nach draußen. Zipp hat mir dann ein bisschen was erzählt."

Da sich Señor Comandante gerne selbst ein Bild machte, fragte er nicht weiter nach, sondern schlug direkt einen gemeinsamen Besuch bei den neuen Nachbarn vor. Kaum hatten die drei Freunde die Straße überquert, waren die vier Neuen auch schon deutlich zu hören. Es schien, als stritten die beiden Kater heftig miteinander.

„Bist du bescheuert? Warum machst du das?", giftete ein schwarz-weiß gefleckter Kater mit strahlend grünen Augen den anderen an.

„Weil es mir Spaß macht!", ätzte dieser zurück und sein rotes Fell sträubte sich. „Ist halt nicht jeder so ein angepasster Langweiler wie du!"

„Das hat doch nichts mit angepasst oder Langweiler zu tun. Du bringst uns schon wieder in Schwierigkeiten, verdammt."

Die Hunde standen neben dem schwarz-weiß Gefleckten und funkelten ihr Gegenüber ebenfalls an. Einer der beiden entdeckte das Trio vor dem Gartenzaun und gab den anderen ein Zeichen. Der Streit verebbte und vier Augenpaare schauten sie an.

Als hätte er nichts davon mitbekommen, begrüßte der Señor zunächst die vier hinter dem Gartenzaun und stellte dann seine Begleiter und sich selbst vor. Die beiden Kater blieben wie angewurzelt stehen, die Hunde kamen zum Zaun, und der Rüde, der augenscheinlich Älteste der Gruppe, übernahm das Wort und tat es dem Señor gleich. „Die beiden Streithähne hier sind die Brüder John und Wayne. Die zoffen sich gerne mal, sind aber ansonsten meist recht umgänglich." Die beiden Angesprochenen nickten kurz, bewegten sich aber nicht. „Unser Rotti hier ist Fran, die einzige Frau in unserer Runde. Sie hat uns aber alle gut im Griff", zwinkerte er ihr zu.

„Und der leicht ergraute Bullterrier hier neben mir", sagte Fran, „ist Bud."

Frau Sturm, die Angst vor Rottweilern und Bullterriern hatte, versteckte sich, so gut es ging, hinter dem leicht strubbeligen Zipp. Nach einer Weile traute sie sich, einen Schritt zur Seite zu gehen, um einen besseren Blick zu haben. Während sich die Hunde über alles Mögliche unterhielten, waren die beiden Kater zwischenzeitlich im Haus verschwunden, was Frau Sturm durchaus unhöflich fand. Fran sah sie neugierig an und legte sich dann hinter dem Zaun hin. Jetzt waren sie quasi auf Augenhöhe und Frau Sturm fasste all ihren Mut zusammen und näherte sich der Hündin bis auf ein paar Zentimeter.

„Woher kommt ihr?", fragte sie die neue Nachbarin, um das Gespräch in Gang zu bringen.

„Wir sind aus einer anderen Stadt hierhergezogen", antwortete Fran. „Wir sind schon häufig umgezogen. Es ist nicht schön, sich immer wieder neu eingewöhnen zu müssen. Aber trotzdem ist es einfacher als für einen Einzelnen, weil wir uns untereinander haben. Obwohl es mit den Jungs nicht immer leicht ist", sagte sie schmunzelnd. „Und du? Lebst du schon immer hier?" Fran betrachtete Frau Sturm mit ihren sanften braunen Augen. Interessiert, aber nicht aufdringlich.

Frau Sturm fasste zaghaft Vertrauen und begann, sich etwas zu entspannen. Das war ihr in Gegenwart eines Rottweilers bisher noch nie gelungen. „Ja, sagte sie. Meine Besitzer haben mich nach einem Sturm gefunden, als ich noch ein Kätzchen war, und bei sich aufgenommen. Ich kann mich nicht einmal erinnern, was geschehen ist. Nur, dass meine Geschwister nicht überlebt haben."

„Das ist eine traurige Geschichte", stellte Fran fest. „Aber mit einem Happy End für dich. Das mag ich. Geschichten mit Happy End, meine ich." Sie legte ihren Kopf versonnen auf ihren Vorderpfoten ab und schloss die Augen. Frau Sturm sah sie an, verwundert darüber, wie sanft die Stimme der mächtigen Hündin war, als sie entdeckte, dass diese vier frische Kratzer am Kopf hatte. Die Katze schluckte. Natürlich wusste sie, wie schnell sich ein paar kleine Kratzer auf dem Kopf, an den Pfoten oder am Bauch einfinden konnten, und man selbst hatte nicht die geringste Ahnung, woher die stammten. Trotzdem machte sie unbemerkt, so hoffte sie jedenfalls, einen kleinen Schritt zur Seite und versuchte, Señor Comandante mit Blickkontakt darauf aufmerksam zu machen. Da sie beste Freunde waren, registrierte der Schäferhund zum Glück sofort, dass seine Freundin ihm etwas zeigen wollte. Sein Blick auf den Kopf der Rottweilerhündin entging auch Bud nicht, der das Kennenlernen daraufhin prompt beendete.

„Schön, dass ihr vorbeigeschaut habt. Wir werden uns jetzt mal zurückziehen, es ist Zeit für unseren Schönheitsschlaf. Fran, kommst du?"

Fran öffnete die Augen, lächelte Frau Sturm kurz zu. „Ich hoffe, wir beide sehen uns bald wieder." Sie erhob sich und lief hinter Bud in Richtung Haus.

„Habt ihr die Kratzer auf Frans Kopf gesehen?", hechelte Zipp ungewöhnlich aufgeregt.

„Ja, das haben wir. Kommt, lasst uns zurück in euren Garten gehen. Da können wir ungestört reden", sagte der Comandante und schob Zipp sanft in die entgegengesetzte Richtung.

Frau Sturm hingegen sagte nichts, denn ihr war noch etwas anderes aufgefallen neben den Kratzern und der fadenscheinigen Schönheitsschlaf-Ausrede von Bud, aber sie wusste nicht genau, was. Da war nur dieses unbestimmte Gefühl, das sich verflüchtigen würde, sobald sie anfinge, darüber zu sprechen.

Schweigend lief sie hinter den Rüden her, die sie gut genug kannten, um sie jetzt nicht aus ihren Gedanken zu reißen. Darauf reagierte sie meist gereizt, das hatten beide schon zu spüren bekommen. Sobald Frau Sturm die steile Denkfalte zwischen den Augenbrauen bekam, war es besser, sie nicht anzusprechen – und diese Falte zeigte sich im Moment tief eingekerbt.

„Jetzt weiß ich es!", stieß Frau Sturm hervor, kaum, dass sie ihren eigenen Garten erreicht hatten. „Der Geruch! Ich habe den Geruch des Hundes wiedererkannt, der am Tatort war." In ihre Aufgeregtheit mischte sich eine leichte Wehmut, als sie leise hinzufügte: „Es war der Geruch von Fran." Trotz ihrer Furcht vor Rottweilern hatte Frau Sturm die ruhige Hündin mit der sanften Stimme in der kurzen Zeit ihres Kennenlernens beinahe liebenswert gefunden. Sollte sie wirklich an dieser Tat beteiligt gewesen sein?

Señor Comandante blieb unvermittelt stehen und wandte sich zu ihr um. „Du hast recht, querida – der Geruch!"

„Aber ich weiß nicht recht, ob das zu ihr passen würde."

„Du kennst sie doch kaum", warf Zipp ein. „Und überhaupt: Seit wann verteidigst du einen Rotti?"

„Keine Ahnung, Zipp. Ich weiß, ich kenne sie kaum, und bei den Neuen ist anscheinend irgendwas nicht in Ordnung. Aber etwas sagt mir, dass sie damit nichts zu tun hat."

Die drei waren in der Zwischenzeit wieder am Fliederbusch angelangt und sahen, wie die Besitzerin von Carlo sowie das Frauchen von Frau Sturm und Zipp den leblosen Körper des Katers weinend auf eine Decke legten. Carlos Frauchen blickte zu ihnen her. „Na, ihr drei. Ihr seht aus, als hättet ihr Carlo schon gesehen. Wenn ihr nur sprechen könntet. Ihr wisst vielleicht mehr als wir."

„Noch nicht, aber bald", antwortete Frau Sturm, wohl wissend, dass keiner der beiden Menschen sie verstehen konnte. Was sie wirklich verblüffte, war, dass hinter den Beinen von Carlos Frauchen plötzlich Elena erschien. „Was macht die denn hier? Die konnte doch vorhin nicht schnell genug abhauen", knurrte Zipp, der ebenso überrascht war. Auch Señor Comandante atmete tief ein.

Elena hingegen machte einen Satz rückwärts. Verdammt, genau das hätte sie gerne vermieden, dem Trio noch mal in die Pfoten zu laufen. Sie wollte partout nicht in etwas hineingezogen werden, sie hatte ja auch kaum etwas gesehen. Ihre Überraschung und ihr Entsetzen, als sie Carlo da unter dem Fliederbusch fand, waren schließlich echt. Denn als sie ihn das letzte Mal lebend gesehen hatte, war er noch woanders.

Allerdings war er in dem Moment nicht alleine. Helfen hätte sie ihm jedoch auch nicht können. Das würden die drei Musketiere hier aber sicher anders sehen.

„Ihr bleibt hier", murrte Frau Sturm und kam mit erhobenem Schwanz schnurstracks auf Elena zu. „Was tust du hier? Ich sehe es dir an deiner Nasenspitze an, dass du mehr weißt, als du uns sagen willst! Los, rück raus mit der Sprache." Ungewohnt aggressiv begegnete die Katze ihrer Nachbarin, die das mit aufgestellten Haaren und einem Katzenbuckel quittierte. „Lass mich in Ruhe", fauchte sie.

„Elena, hier geht es um einen von uns. Ein Freund ist ums Leben gekommen. Wenn du etwas weißt, dann musst du uns das sagen."

„Gar nichts muss ich", erwiderte Elena, änderte ihre Taktik und strich mit einem gespielt verängstigten Gesichtsausdruck um die Beine von Frau Sturms Frauchen, die die Katze prompt hochhob. „Was ist denn mit dir los, Frau Sturm? Du verschreckst doch die Kleine."

Die beiden Zweibeiner schlurften kopfschüttelnd und mit betrübten Gesichtern davon. Eine trug den in die Decke gewickelten Carlo, die andere eine Elena, die voll mit sich zufrieden war.

„Das hast du ja gut hinbekommen", knurrte Frau Sturm ihr hinterher. „Aber wir werden nicht aufgeben, bis wir wissen, was du uns verheimlichst. Du kannst dich nicht ewig verstecken."

In der Zwischenzeit waren Señor Comandante und Zipp neben Frau Sturm getreten. Sie hatten den kurzen Schlagabtausch zwischen den beiden Katzendamen gespannt verfolgt.

Frau Sturm reckte das Kinn nach vorne. „Ich gehe hinterher und belausche sie." Sie wollte sich nicht so einfach abspeisen lassen.

„Ich bezweifle, dass du da etwas herausfinden wirst. Lasst uns den Tatort und den Fundort noch mal anschauen, vielleicht haben wir etwas übersehen", schlug der Schäferhund vor.

„Geht ihr mal, ich versuche, bei den beiden Frauen und Elena noch eine Info zu erhaschen." Frau Sturm ließ sich nicht von ihrem Vorhaben abbringen.

„Also gut, geh du ins Haus zu den anderen, Zipp und ich sehen uns hier draußen um. Wir treffen uns in einer halben Stunde unter der Kastanie und erzählen, was wir gefunden oder gehört haben", gab der Señor nach. „Cuídate, pass auf dich auf."

Frau Sturm war währenddessen schon auf dem Weg und rief nur ein hastiges „Bis dann" zurück.

„Hat sie das jetzt noch gehört?", fragte Zipp halblaut.

„Sie wird sicher am Treffpunkt sein. Gehen wir los."

Während die beiden Rüden mit ihren Nasen am Boden, um sich schon mal warmzuschnüffeln, zum Tatort liefen, schlich Frau Sturm geduckt durch die offene Terrassentür ins Haus, wo das Vierergespann zuvor verschwunden war. Sie hatten Carlo im Hausflur in eine Kiste gepackt und Frau Sturm wunderte sich, dass die beiden Frauen der Gestank von der beginnenden Verwesung nicht störte. Das lag sicher an dem schlechten Geruchssinn der Menschen. Sie huschte an der Kiste vorbei und setzte sich schräg vor die Küche, aus der die Stimmen der Frauen und das dankbare Schnurren von Elena zu hören waren.

„Gott, der arme Carlo. Das tut mir so leid, Lisa."

„Wer tut ihm denn so etwas an? Meinst du, es war jemand aus der Nachbarschaft?"

„Ich glaube nicht, dass einer unserer Nachbarn einer Katze etwas zuleide tun würde. Außerdem, ich bin zwar keine Tierärztin, aber das sieht nach einem bösen Streit zwischen Carlo und einem Hund oder einem anderen Kater aus."

„Denkst du, einer von den Neuen drüben hat was damit zu tun? Ich kann mir fast nicht vorstellen, dass das eine andere Katze war."

„Gestern Nacht war ein Streit zu hören, Fauchen und Kreischen. Ich habe sogar noch aus dem Fenster gesehen, aber es war stockdunkel und nachdem es nicht lange anhielt, bin ich wieder schlafen gegangen. Lisa, wenn ich gewusst hätte …"

„Das konntest du doch nicht ahnen", unterbrach Lisa ihre Nachbarin und Freundin Kerstin.

„Vorwürfe mache ich mir trotzdem. Vielleicht hätte man ihm noch helfen können. Der Einzige, den ich gestern Abend noch durch den Garten habe schleichen sehen, war Tyson."

Frau Sturm bemerkte, dass Elena bei der Erwähnung ihres Bruders sofort aufhörte zu schnurren. Hatte das etwas zu bedeuten?

„Tyson, ja, der hat schon öfter Prügeleien angezettelt. Ich habe ihn auch schon mit einem der beiden neuen Kater raufen sehen. Aber dass eine Rauferei unter Katern so ausartet, dass dabei ein Artgenosse stirbt? Ich weiß nicht."

„Ich ehrlich gesagt auch nicht. Lass uns zusammen los und Carlo an seine letzte Ruhestätte bringen. Das ist das Mindeste, was ich für dich tun kann."

Die beiden Frauen erhoben sich und kamen aus der Küche. Frau Sturm hatte sich schnell in die Ecke hinter dem Schuhschrank gedrückt, um unbemerkt zu bleiben. Elena folgte etwas unschlüssig. Frau Sturm wartete den richtigen Moment ab, und sobald die Frauen mit Carlo durch die Haustür verschwunden waren, trat sie aus ihrem Versteck und stellte sich der verdutzten Elena breitbeinig in den Weg.

„Hat dein Bruder was damit zu tun? Ist es das, was du uns verheimlichst? Blut ist dicker als Wasser, was? Auch wenn andere dabei draufgehen?", überfiel sie die jüngere Katze regelrecht.

Statt einer Antwort versuchte Elena zu fliehen. Aber obwohl Frau Sturm einige Jahre älter war als sie, hatte sie keine Chance. Egal, in welche Richtung sie sich wandte, Frau Sturm schien es vorauszuahnen und war schon da.

„Was weißt du?", fauchte sie, denn Elenas Verhalten ließ darauf schließen, dass sie in der Tat mehr wusste.

„Ich konnte ihm nicht helfen. Ich wollte ..." Mitten im Satz brach Elena ab und starrte an Frau Sturm vorbei.

„Was ist hier los?"

Die raue Stimme ließ Frau Sturm erschauern und sie drehte sich langsam um. Hinter ihr stand Tyson in voller Größe und sah sie feindselig an.

„Lass mein Schwesterchen in Ruhe. Was willst du überhaupt von ihr?"

Elena war befremdet, denn als Schwesterchen hatte er sie noch selten betitelt, sie zog es aber vor, in der Situation den Mund zu halten.

Frau Sturm versuchte, sich ihre Überraschung und vor allem ihre Angst nicht anmerken zu lassen. Sie ging einen kleinen Schritt auf Tyson zu. „Was weißt DU denn darüber, wie Carlo umgekommen ist?", sagte sie forsch.

„Ach, Carlo weilt nicht mehr unter uns? Na, da hat den greisen Kerl sicher der Schlag getroffen. Kein Wunder bei dem Alter", griente er.

„Das kannst du sonst wem erzählen. Hast du etwas mit der Sache zu tun?", ging Frau Sturm auf Konfrontation.

„Was soll ich denn damit zu tun haben, wenn dem Alten die Lichter ausgehen? Frau Sturm, du bist schon genauso verwirrt wie der alte Carlo. Pass bloß auf, dass es dich nicht als Nächstes erwischt. Los, Elena, wir gehen." Er lachte überheblich, was Frau Sturm völlig auf die Palme brachte.

„Ach ja, machen du und deine Schergen dann mit mir dasselbe, was ihr mit Carlo getan habt?" Jetzt war es Tyson, der an Frau Sturm herantrat, und zwar so nahe, dass sich ihre Nasenspitzen fast berührten, auch wenn er dazu seinen Kopf etwas zu ihr herunterneigen musste. „Hör zu", zischte er, „solltest du auf die Idee kommen, solche Lügenmärchen über mich in die Welt zu setzen, dann dreh dich lieber des Öfteren mal um, wenn du draußen unterwegs bist. Vor allem nachts." Er sah sie noch eine Weile schweigend und mit zusammengekniffenen Augen an, dann wendete er sich zum Gehen. „Los, wir hauen ab." Damit schubste er Elena vor sich her aus dem Haus.

Nach einer Schrecksekunde überlegte Frau Sturm, ob sie zu Señor Comandante und Zipp huschen sollte, um ihnen von dieser Begegnung zu erzählen. Aber sie entschied sich kurzerhand dagegen und folgte Elena und Tyson. Wenn sich die beiden unbeobachtet fühlten, würde sie möglicherweise mehr über die Ereignisse der letzten Nacht erfahren. Sie schlugen den Weg in Richtung Siedlungsmitte ein, der am Gartenzaun entlang zunächst in ein dichtes Gestrüpp führte. Vorsichtig schlich sie ihnen nach. Offenbar hatten die zwei es nicht eilig, aber Frau Sturm sah auch, dass Elena nicht freiwillig mitging. Tyson schubste sie vor sich her. Was er mit seiner Schwester zu bereden hatte, konnte sie ärgerlicherweise nicht hören, und als sie im Gebüsch verschwanden, legte sie einen kurzen Sprint ein, um sie nicht zu verlieren. Sie lugte zwischen den Ästen hindurch, konnte sie jedoch nicht mehr entdecken. Frau Sturm drückte sich an den

Zweigen vorbei und machte ein paar Schritte tiefer hinein.

Zu spät bemerkte sie, dass Tyson sie in eine Falle gelockt hatte. Sie war plötzlich umringt von fünf zerzausten Katern, die sie spöttisch musterten. Elena saß verängstigt in einem Eck. Frau Sturm war augenblicklich klar, dass ein Fluchtversuch zwecklos wäre, als Tyson ohne Umschweife auf sie zukam.

„So, du willst also wissen, was mit Carlo passiert ist. Tja, wenn ich dir sage, dass der alte Dussel einfach zur falschen Zeit am falschen Ort war? Was wirst du dann überall herumposaunen? Oh, der böse Tyson hat den armen alten Carlo auf dem Gewissen. So in etwa, oder? Aber ich bin nicht schuld! Er hätte sich einfach raushalten müssen. Dann wäre es wahrscheinlich anders gelaufen. Aber was soll's. Er hatte das meiste seines verlausten Lebens sowieso schon hinter sich." Höhnisch lachend ging er einen weiteren Schritt auf Frau Sturm zu, sodass sie seinen Atem in ihrem Gesicht spüren konnte, der stoßweise aus der vernarbten Nase kam. Sie wollte nach hinten ausweichen, aber zwei seiner Wächter waren ihr bereits auf den Pelz gerückt, sie konnte sich weder vorwärts- noch rückwärtsbewegen.

„Und jetzt steckst du deine Nase in Dinge, die dich nichts angehen. Was, meinst du, sollen wir jetzt mit dir machen?"

„Mich gehen lassen. Ich wüsste nicht, was sonst."
Frau Sturm hatte all ihren Mut zusammengenommen
und hoffte, dass ihre Stimme nicht zu stark zitterte.

Von allen unbemerkt hatte sich Wayne, der rote Kater,
in die Runde gesellt. „Sie gehen lassen, hört, hört. Na,
wirst du das tun, du Möchtegern-Sheriff?" Tyson fuhr
herum und seine Haare stellten sich an der Kruppe
auf. „Verschwinde dahin, wo du hergekommen bist",
zischte er gereizt. „Wegen dir ist das ganze doch passiert."

„Ach, jetzt bin ich schuld? Das sehe ich anders. Ich
hätte das gerne mit dir alleine ausgefochten. Aber du
hast dich ja lieber an dem alten Kerl vergriffen. Tja,
der Schwache sucht das Verschulden immer bei den
anderen." Die Stimme von Wayne troff vor Überheb-
lichkeit und brachte Tyson vollkommen aus der Fassung. „Du hast dem Alten aber auch nicht geholfen
und bist gleich abgedampft, als deine Hundenanny
dich zurückgepfiffen hat. Wer ist hier schwach? Ich
lasse mir nicht von einem Rotti-Weibchen sagen, wo's
langgeht."

Alle anderen schienen vergessen zu sein. Die
beiden Kater begannen, sich zu umkreisen, die Haare
am gesamten Körper aufgestellt, die Ohren derart
weit zurückgelegt, dass sie nicht mehr als solche zu
erkennen waren. Frau Sturm wollte die Gelegenheit

nutzen, um sich, wie sie hoffte, unbemerkt aus dem Staub zu machen. Aber trotz des Schauspiels, das die beiden Platzhirsche boten, waren die Anhänger von Tyson aufmerksam. Sie hielten sie fest und drängten sie sogar noch tiefer ins Gebüsch, während der Streit weiterging.

„Der Loser bist eindeutig du", knurrte der Rote. „Du hattest doch auch nicht den Mumm, es ganz zu Ende zu bringen und ihn anschließend dorthin zu zerren, wo ihn niemand findet. Du lässt ihn einfach schwer verletzt mitten im Garten liegen, wo er sich unter den Lieblingsstrauch deiner komischen Schwester schleppen kann, die ihn dann auch prompt findet." Auf Tysons Gesicht zeigte sich kurz Überraschung, was Wayne nicht entging.

„Da schaust du, was? Ja, nach nicht mal einer Woche kenne ich wahrscheinlich mehr Gepflogenheiten der Vierbeiner hier, als du je herausgefunden hättest, du eitler Gockel. So geht das. Du würdest da, wo ich herkomme, keine drei Tage überleben."

Das brachte Tyson zur Weißglut und er griff Wayne direkt an. Während die beiden Kater ein Gewirr aus rotem und getigertem Fell darboten, sah Frau Sturm in das Eck, in dem Elena gesessen hatte, konnte sie aber nicht ausmachen. War ihr die Flucht gelungen? Ob sie vielleicht sogar Hilfe holte? Frau Sturm zweifelte daran und checkte die Lage.

War es möglich, dass die beiden Streithähne die umstehenden Kater derart ablenkten, dass sie einen ernsthaften Fluchtversuch unternehmen konnte? Sie ging einen Schritt rückwärts. Niemand hielt sie auf. Sie wagte noch einen und noch einen und beim nächsten stieß sie prompt mit ihrem Hinterteil gegen einen Widerstand. Einen pelzigen.

„Bleib stehen", grummelte es hinter ihr. Nach einem jähen Schreck erkannte sie die Stimme. Señor Comandante, was ein Glück!

„Elena hat uns alarmiert. Zipp ist rechts neben mir, Bud und Fran sind gegenüber."

„Da soll noch mal einer sagen, Katzen könnten sich besser anschleichen als Hunde." Frau Sturms Erleichterung war regelrecht greifbar.

„Und Hunde besser riechen als Katzen, querida", witzelte der Comandante hinter ihr. „Sobald ich Jetzt! sage, machst du dich ganz flach, damit wir über dich drüberspringen können, okay?"

„Okay", antwortete Frau Sturm und machte sich schon mal klein.

Fast direkt danach kam das Zeichen und vier Hunde sprangen gleichzeitig auf die sich keilenden Kater zu.

Den Überraschungseffekt nutzten die Caniden aus, um sich zu zweit je einem Kater zu widmen: Señor

Comandante und Zipp übernahmen Tyson, Bud und Fran ihren Mitbewohner Wayne. Die anderen Kater stoben zugleich in alle Richtungen auseinander, um nicht zwischen die Fronten oder gar zwischen die Zähne der Hunde zu geraten.

Nachdem der erste Schreck überwunden war, kam Tysons Bande wieder näher und wollte versuchen, ihn aus der Misere zu befreien. Aber mittlerweile hatten Fran und Zipp je einen Kater zwischen ihren Fängen im Würgegriff und Señor Comandante und Bud konnten sich einzig und allein darum kümmern, die Katerbande in Schach zu halten. Elena, die nachgerückt war, und Frau Sturm beobachteten das Geschehen aus dem Dickicht heraus. Frau Sturm war mächtig stolz auf ihren hündischen Mitbewohner, der Tyson scheinbar mühelos bändigen konnte, obwohl dieser genauso wild um sich schlug wie sein rothaariger Kontrahent. Dieser Dackel wurde eben gern unterschätzt.

Schäferhund und Bullterrier umkreisten die beiden anderen Hunde und schirmten sie nach außen hin ab.

„Los, verschwindet alle miteinander. Volar como Matías Pérez!", blaffte Señor Comandante. „Das hier regeln wir jetzt alleine, ihr solltet froh sein, wenn ihr einfach so davonkommt." Um seinen Worten Nachdruck zu verleihen, stieß er mit einem kehligen Knurren kurz nach vorne und zwickte den erstbesten Kater

kurz in die Flanke. Bud tat es ihm auf der gegenüber-
liegenden Seite gleich. Da sich Tyson im Schwitzkasten von Zipp befand und keine klaren Anwei-
sungen an seine Jünger geben konnte, waren die auf
sich alleine gestellt. Und nach ein paar halbherzigen
Versuchen, ihren Anführer aus dem Dilemma zu
befreien, gingen ihnen schnell die Ideen aus und sie
zogen es vor, sich aus dieser unrühmlichen Situation
zu verabschieden.

„Tolles Team hast du da um dich herum aufgebaut,
Tyson", lästerte der Schäferhund. Wie auf Kommando
wechselten sich die Hunde mit der Beaufsichtigung
der Kater ab und Zipp und Fran bekamen eine kleine
Pause. Nachdem sich die Bande verzogen hatte, trau-
ten sich auch Frau Sturm und Elena, näher zu
kommen, und sie setzten sich vis-à-vis zu den beiden
Alphakatern.

„Schön. Frau Sturm, Elena. Jetzt, wo wir alle so
gemütlich beisammen sind, ist es an der Zeit, Tacheles
zu reden, finde ich. Aus dem, was wir gesehen und
gehört haben, konnten wir uns schon so einiges
zusammenreimen", setzte der Comandante an und
hielt Tyson mit seinen dicken Pfoten am Boden. Frau
Sturm beobachtete das Ganze gelassen, wohingegen
Elena neben ihr nervös mit dem Schwanz hin- und
herzuckte und ihren Bruder nicht aus den Augen ließ.
Denn während Wayne bei Bud relativ ruhig blieb,

fuhr Tyson hoch. „Was hast du Schnepfe denen erzählt, ha? Du dummes Huhn, mit deinem blödsinnigen Spanisch-Spleen. Den ganzen Mist hast du dir doch überhaupt nur ausgedacht, weil du sonst nix hast. Und was Besonderes bist du auch nicht. Und jetzt, jetzt stellst du noch deinen Bruder bloß. Du, du ..." Tysons Gesichtsausdruck ließ Elena unweigerlich zurückweichen. Sie hatte Angst und war verletzt durch seine Worte, die vor Gehässigkeit troffen.

Der Comandante ging dazwischen. „Hier wird niemand beleidigt", sagte der Schäferhund mit seiner sonoren Stimme. „Egal in welcher Sprache. Und bloßstellen braucht dich, besser gesagt euch beide, niemand. Das habt ihr schon selbst getan. Frau Sturm, möchtest du weitermachen? Dann kann ich das Großmaul hier besser unter Kontrolle bringen." Die Katze nickte ihrem Freund kurz zu und blickte von ihm zu Fran, die ihren Mitbewohner Wayne von Bud wieder übernommen hatte und wenig zimperlich mit ihm umging. Sie hielt ihn so fest zwischen ihren Zähnen, dass er jegliche schnelle oder unvorhersehbare Bewegung vermied, sondern sich einfach nur resigniert herunterhängen ließ. Ihr wiederum schenkte die Hündin einen warmen Blick.

„Tja, machen wir es kurz, würde ich sagen. Wir ahnten relativ schnell, dass der Ort, wo wir, besser gesagt Elena Carlo fand, nicht identisch mit dem Ort ist, an dem der unglückliche Kampf stattgefunden hat. Nachdem wir, aus reiner Neugierde, aber auch zugegebenermaßen aus leichtem Misstrauen bei euch, Bud, Fran und euren beiden kätzischen Mitbewohnern vorbeigesehen hatten, vermuteten wir zunächst", Frau Sturm unterbrach sich und stockte kurz, „nun, wir hatten den Verdacht, äh, dass du, Fran, in die Sache verwickelt bist."

Frau Sturm wurde es heiß und kalt zugleich. Sie traute sich nicht, Fran direkt anzusehen, sah aber aus den Augenwinkeln, dass Fran eine Art schiefes Lächeln zeigte. Was ihr mit dem Kater im Maul gründlich misslang.

„Jedenfalls roch es am Tatort auffällig nach dir. Die anderen Gerüche konnten wir nicht eindeutig zuordnen." Sie blickte Zipp an und übergab ihm somit das Wort.

„Die Sache war, dass ihr beiden, Tyson und Wayne, einen anderen Geruch an euch hattet, zu dem Zeitpunkt, als du, Tyson, den armen Carlo so ...", nun musste auch Zipp kurz innehalten und seine Wut hinunterschlucken, bevor er weitersprechen konnte, „als ihr zwei Arsch..."

„Auch wenn du sicher recht hast, Zipp, das mit den beleidigenden Ausdrücken gilt auch für dich", hakte der Comandante ein.

Was Zipp nicht sonderlich störte, er redete weiter: „… ihr zwei Affenhintern Carlo umgebracht habt. Der eine, weil er ihn schwer verletzt hat, und der andere, weil er ihn hat liegen lassen, ohne Hilfe zu holen. In eurer Rage und im Konkurrenzkampf habt ihr andere Duftstoffe abgesondert. Jetzt, wo wir hier sind, ist es für mich und sicher auch für die anderen leichter, zu erschnuppern, dass ihr das gewesen seid."

Frau Sturm übernahm wieder das Wort. „Dass ihr beide, jeder auf seine Weise, Carlos Mörder seid, ist uns mittlerweile klar. Aber warum um Himmels willen ist das so eskaliert?" Ihre großen kugelrunden Augen wurden bei dieser Frage noch runder.

„Ich war's nicht", lamentierte Wayne und hielt sofort schmerzverzerrt den Mund, weil Fran nicht locker ließ.

Fast gleichzeitig schrie Tyson: „Ich war's alleine!" Es hatte den Anschein, er wäre geradezu stolz darauf. Alle Blicke richteten sich auf ihn. Kurzatmig, anders war es unter den Pfoten des Comandante nicht möglich, erzählte er: „Der Alte ging mir schon lange auf die Nerven. Jeder soll so leben, wie er möchte. Blödes Gesülze. Sieht man ja, wo man hinkommt, wenn jeder machen kann, was er will. Hirnrissige Schwestern wollen lieber eine Latina sein. Neu zugezogene Kater meinen, hier den dicken Max markieren zu müssen. Und was mich seit Langem am meisten stört, sind die artwidrigen Freundschaften zwischen Katzen und euch blöden Tölen."

Bei dieser Bemerkung riss Zipp der Geduldsfaden. Der sonst eher friedliebende Dackel schoss auf Tyson zu und packte ihn am Hals. „Das Einzige, was artwidrig ist, bist du! Nein, widerlich, das passt besser", knurrte er in Tysons Fell und zog noch mal kräftig daran, bevor er zurückwich und sich demonstrativ nahe zu Frau Sturm setzte.

Tyson störte das wenig. Das Adrenalin in seinem Körper machte ihn wohl unempfindlicher gegen Schmerzen und der Wahnsinn spiegelte sich in seinen Augen wider. „Und überhaupt", setzte er nach, „es war sowieso an der Zeit, den alten Gefühlsdusel in der Rangfolge abzulösen. Generationenwechsel sozusagen."

Verstört sah Frau Sturm zu Zipp, der brummte: „Der hat sie nicht mehr alle."

Wayne hing derweil schlaff wie eine Socke in Frans Maul. Als Frau Sturm das bemerkte, fragte sie unruhig: „Was ist mit ihm?"

„Iff einbeflafen", nuschelte die Hündin verschmitzt und legte sich zusammen mit ihm hin. Los ließ sie den Kater dabei allerdings nicht.

„Was machen wir jetzt mit ihm hier?", fragte der Comandante die versammelte Mannschaft und blickte zu dem getigerten Kater hinunter.

„Laufen lassen, du Spack, was sonst!", ereiferte sich Tyson. „Was kann ich dafür, wenn der Alte nicht mal mehr einen anständigen Kampf übersteht? Und der Versager da", sagte er mit einem Knopfnicken in Richtung Wayne, „hat doch auch seinen Teil dazu beigetragen, dass der Alte verreckt ist. Was macht ihr denn mit dem?"

„Dich sollte man aus der Siedlung jagen, mitsamt deinen Schergen, den nichtsnutzigen. Und das schlage ich jetzt nur vor, weil ich gerade meine sozialen fünf Minuten habe", grummelte Zipp. Elena schwieg, wie schon die ganze Zeit über.

„Oder doch besser an einen Pranger stellen und Strafarbeiten verrichten lassen", murrte Zipp.

„Vor ein ordentliches Gericht stellen, alle beide", schlug Frau Sturm vor. Alle sahen verwundert zu ihr.

„Wie meinst du das?" Señor Comandante war neugierig geworden.

„Spinnst du?", blökte Tyson.

„Was'n los?", murmelte Wayne, der anscheinend langsam wieder aufwachte.

„Wir wählen ein paar Mitglieder aus unserer Siedlungsgemeinschaft, die wir für vernünftig genug halten, um eine gerechte Entscheidung darüber zu treffen, was mit den beiden geschehen soll. Wir alleine können das nicht, abgesehen davon möchte ich das gar nicht. Wir sollten uns noch heute mit den wichtigsten Vierbeinern in der Siedlung treffen, um sie über die traurige Neuigkeit in Kenntnis zu setzen. Sofern es sich nicht längst herumgesprochen hat, dass Carlo tot ist. Dann legen wir gleich einen Zeitpunkt für die Verhandlung fest und bestimmen, wer unsere Rechtsprecher sein sollen."

„Ihr spinnt wirklich völlig!"

„Oder doch besser Teeren und Federn", kam aus Zipps Ecke, der verstummte, als er in Elenas schreckgeweitete Augen sah.

„Fran, Bud, tut was. Das ist ja ein Witz", stöhnte jetzt auch Wayne. Aber außer ihn weiterhin im Maul zu behalten, unternahm Fran nichts. Bud hörte nur gespannt dem Gespräch zu und sagte: „Also, ich schließe mich der Idee an. Señor Comandante, Zipp, Elena, Fran, was meint ihr?"

Obwohl Zipp neben Teeren und Federn sicher noch diverse andere Strafen in petto gehabt hätte, plädierten am Ende alle für die Gerichtsverhandlung. Jetzt blieb nur die Frage offen, was bis dahin mit den beiden Delinquenten geschehen sollte. Hier schlug Bud vor: „Wir bringen Tyson in dem kleinen Nebenraum unserer Waschküche unter. Der ist gefliest und es stehen dort momentan nur ein paar alte Sachen von uns. Die Klinke der Tür kann ich von außen öffnen, von innen hat sie einen Drehknauf. Ich glaube nicht, dass er den aufbringt. Und an das Fenster gelangt er wegen der glatten Fliesen nicht. An diesem Wochenende wollten unsere Menschen sowieso mit uns eine Wanderung unternehmen, damit wir alle die Gegend besser kennenlernen. Da geht sicher keiner in den Raum. Und unser Wayne hier wird keinen Mist bauen. Dafür sorgt Fran, stimmt's?", richtete er sich an die Rottweilerhündin, die das mit einem kurzen Knurren bestätigte.

„Bueno, gut, so machen wir das", stimmte Señor Comandante dankbar zu, er war positiv überrascht von Buds Vorschlag und Frans konsequenter Haltung Wayne gegenüber.

„Wenn es für euch in Ordnung ist, möchte ich trotzdem Wachposten einsetzen. Ich übernehme auch gerne den Hauptteil der Zeit", bot sich der Schäferhund an.

Tyson bemerkte, dass der Señor kurz unachtsam war, schlug wie von Sinnen um sich und zerkratzte ihm heftig die Vorderbeine. Der Schäferhund ließ ihn los und diesen Moment nutzte Tyson. Er sprang hoch, drehte sich noch in der Luft zu dem massigen Hund um und wollte ihm ins Gesicht springen. In letzter Sekunde konnte dieser sich wegducken. Zipp reagierte am schnellsten und kam seinem Freund zu Hilfe, indem er Tyson mit seinem gesamten Dackelgewicht rammte, als der wieder auf dem Boden landete.

Aber der Kater war wie von Sinnen, rappelte sich auf, verpasste Zipp einen kräftigen Hieb auf die empfindliche Nase, biss Frau Sturm in den Hals, fauchte Elena voller Hass an und entwischte zwischen Buds Beinen. Seinen Triumph hinausschreiend stürzte er tiefer ins Gebüsch hinein. Elena rührte sich nicht von der Stelle. Frau Sturm und Zipp folgten ihm unverzüglich, die drei großen Hunde hatten ihre Mühe, sich durchs Dickicht zu schlagen.

Immer noch schreiend flüchtete Tyson weiter. Erst als die ersten beiden Verfolger bei ihm anlangten, erkannten sie, dass aus dem Schreien ein Kreischen geworden war. Abrupt blieben sie stehen. Tyson hatte sich in einem Stück des Stacheldrahts verfangen, der hier zwei aneinandergrenzende Gärten trennte. Jeder wusste von diesen alten und meist schon eingewachsenen „Zäunen", aber Tyson schien das in seinem Siegestaumel vergessen zu haben. Stark verdreht und blutend hing er fest. Frau Sturm und Zipp liefen das letzte Stück zu ihm hin und untersuchten fieberhaft, wie sie ihn am besten aus dieser gefährlichen Lage befreien könnten.

Tyson missverstand ihre Bemühungen. „Na", krächzte er, „gefällt euch, was ihr seht?"

„Wir versuchen, dir zu helfen", schnaubte Zipp und suchte weiterhin nach einem Ausweg. Tyson blubberte mittlerweile unverständlich vor sich hin.

Aus dem Gestrüpp hinter ihnen hörten sie, wie die anderen versuchten, zu ihnen durchzukommen. Frau Sturm war es, die als Erstes begriff: Sie konnten Tyson nicht mehr helfen. Er war auf seiner Flucht vor ihnen in den Tod gejagt.

Lena saß unter ihrem geliebten Fliederbusch und ließ sich die Sonne auf ihr schwarzes Fell scheinen. Die tragischen Ereignisse der letzten Tage hatten sie verändert. Nicht nur, dass sie sich nicht mehr Elena nennen lassen wollte und komplett auf ihren spanischen Akzent und das Lispeln beim Sprechen verzichtete. Auch ihr Verhältnis zur gesamten Nachbarschaft hatte sich gewandelt, besser gesagt, es war freundschaftlicher und offener geworden. Jeden Einzelnen von ihren Bekannten hatte sie besucht und lange mit jedem geredet. Sie war dankbar, dass keiner sie weggeschickt hatte, obwohl sich die Nachricht von Carlos Tod und seinem Mörder, ihrem Bruder, in der Siedlung in Windeseile verbreitete.

Am längsten und intensivsten war das Gespräch mit Señor Comandante gewesen, dem Schäferhund mit den kubanischen Wurzeln und dem angedeuteten schwarzen Schnauzbart. Mit ihm beschloss sie, dass sie alle gemeinsam Carlos Devise Jeder darf so leben, wie er es sich vorstellt, wenn er andere damit nicht verletzt beherzigen wollten. Wie genau das in Zukunft aussehen sollte, würden sie heute Nachmittag in einer größeren Runde besprechen, zu der auch Frau Sturm, Zipp und die Neuen gehörten.

Sogar Wayne war mit von der Partie, der mit Fran eine ganz besondere Art von Fußfessel hatte. Lena war Teil der angenehmen und bunt zusammengewürfelten Gemeinschaft geworden. Und sie fühlte sich pudelwohl dabei.

Traum in Pink

Frauchen sagt immer: „Salvador bekommt stets nur das Beste." Und das mag auch so stimmen, denn ich, Salvador, habe mehrere kuschelige Liegeplätze, mein Fresschen schmeckt mir wunderbar und ist nie scheußlich und mir ist selten langweilig, denn sie nimmt mich fast überall mit hin.

Ich habe einen Hundekumpel namens Gonzales (ich nenne ihn immer „Gonzo") und ich treffe neben ihm durchaus häufig auf andere Hunde, also mangelt es mir auch nicht an Sozialkontakten zu weiteren Caniden. Neben meinen diversen Liegeplätzen, gutem Futter & Co. habe ich noch mehrere Halsbänder, Schmuckstücke und Leinen, die mir je nach Anlass und Begebenheit angelegt werden. Ein paar der Dinger sind schon okay und wenn es Frauchen glücklich macht, dann kann ich mit dem Bling-Bling leben.

Womit ich allerdings ein Problemchen habe, ist, dass ein paar von den Utensilien unangenehm, unbequem oder sogar störend sind. Manche kratzen, weil irgendwelche Metallteile, die nach außen hin schön glitzern, so befestigt sind, dass sie bei mir am Hals oder an den Ohren scheuern. Anderes ist zwar bequem, hat aber

Glöckchen, Schellen oder Sonstiges, was mir dann den lieben langen Tag in den Ohren klingelt.

Dabei kann ich nicht mal sagen, dass es mich bei jedem meiner eigenen Schritte stört. Besser passt da: bei jedem Schritt meines Frauchens. Ich werde nämlich meist in einer Tasche getragen. Was nicht weiter schlimm ist, denn ist es draußen recht kalt oder nass, finde ich es durchaus angenehm, nicht auf dem ausgekühlten Boden laufen zu müssen. So kann mir weder Gischt noch Dreck an meinen empfindlichen Bauch und mein gepflegtes, aber dünnes Fell spritzen. Allerdings – nur zum Geschäftverrichten oder mal kurz zum Kennenlernen eines anderen Hundes auf den Boden gesetzt zu werden ist auch nicht jederhunds Sache, das gebe ich zu.

Gonzo und ich tragen es mit Fassung. Wir sind es nicht anders gewöhnt. Ach ja, Gonzo ist nicht nur mein Kumpel, er ist auch mein gewichtiger Bruder. Wir sind beide aus demselben H-Wurf. Inklusive hochtrabender Namen mit von und zu. Wir sind sozusagen Chihuahuas mit nobler Abstammung.

Zum Glück haben uns unsere beiden Frauchen, die wiederum beste Freundinnen sind, zusammen ausgesucht und uns andere Namen gegeben. Obwohl Salvador und Gonzales unserer Meinung nach ebenfalls nicht wirklich zu uns passen.

Aber die beiden fanden, dass wir getreu unserer Abstammung auch spanisch oder besser gesagt südamerikanisch klingende Namen bekommen müssten. Auch das tragen wir mit Fassung. Es gibt nämlich Schlimmeres.

Neulich zum Beispiel. Unsere Frauchen hatten sich getroffen, mit uns im Schlepptau, versteht sich. Dass es diesmal kein normales Treffen würde, hatte ich schon geahnt, besser gesagt gerochen. Denn obwohl ich oft in diesem Hundeshopper sitze und herumgetragen werde, heißt das noch lange nicht, dass meine hündischen Instinkte in dieser Tasche begraben sind. Die funktionieren bestens. Gott sei Dank.

Jedenfalls habe ich an Frauchens Körpergeruch, ich nenne es mal „Ausdünstungen", auch wenn das jetzt recht hart klingt, gerochen, dass mir heute etwas Größeres bevorsteht als ein Treffen im Café.

Gleich nachdem wir uns in der Stadtmitte getroffen hatten, die beiden Frauen, Gonzo und ich (er natürlich ebenfalls in der Tragetasche, es war ja recht kühl), ging das Geschnatter der Zweibeiner los und wir verstanden erst mal gar nichts.

„Hey, Salvi, was bequaken die beiden da bloß? Die reden von einem Umzug. Wollt ihr in eine andere Wohnung?"

„Nicht dass ich wüsste, da hätte ich doch was gemerkt, wenn Frauchen angefangen hätte zu packen. Ihr vielleicht?"

„Ne, ich hätte das auch mitbekommen."

In dem Moment lachten unsere Frauchen laut auf. Wir drehten die Köpfe zu ihnen hoch und sahen, dass beide etwas Pinkfarbenes in der Hand hatten.

„Puh", sagte Gonzales in meine Richtung. „Was ist das denn Grässliches? Allein die Farbe tut in den Augen weh, außerdem sieht es furchtbar kratzig aus. Wollen die beiden sich das auf den Kopf stülpen?"

„Also, etwas eigentümlich sind sie zwar, aber so daneben, dass sie das anziehen wollen, auch wieder nicht", erwiderte ich. Nach außen hin klang das fast überzeugend, jedoch nagte zwischenzeitlich ein anderer Zweifel an mir, und prompt drehte sich mein Frauchen mit strahlenden Augen zu mir um.

„Sieht das nicht zum Anbeißen aus, Salvador?"

Ich sah sie mit meinen kugelrunden Augen an, die bei dem Anblick der Kratzbürste in Pink noch größer wurden. Gonzo schwante ebenso wie mir, dass wir die Hauptattraktionen mit diesen Gebilden werden sollten. Mein Bruder, der etwas älter war als ich und um einiges renitenter, fing sofort an, sich in seiner Tragetasche aufzuregen. Zugegeben, manchmal übertreibt er etwas mit seinem Mecker- und Mitteilungsbedürfnis, aber heute war ich gänzlich seiner Meinung und stimmte in sein Gebelle mit ein.

Leider interpretierte Gonzales' Frauchen das vollkommen falsch, denn sie kommentierte unsere lautstarken Mitteilungen mit: „Ui, schau mal, die freuen sich schon darauf, die Tütüs anzuprobieren und damit auf dem Halloween-Umzug mitzulaufen. Unsere beiden Süßen stehlen damit sicher allen anderen die Show. Krönchen habe ich auch mitgebracht. Für unsere zwei Schnuffis und sogar für uns. Schau mal! Da können wir im Vierer-Partnerlook gehen!"

Sie kramte in ihrer überdimensionalen Handtasche und beförderte freudestrahlend zwei Kronen in Mini und zwei in größerer Ausgabe ans Licht. Alle mit lila und rosa Perlen besetzt.

„Sag mal", echauffierte Gonzales sich jetzt noch mehr, „spinnen die? Glauben die ernsthaft, ich lasse mir diesen Fummel überstülpen und das Ding da aufsetzen?"

Ich für meinen Teil musste mich gegen einen Lachanfall wehren, denn ich stellte mir gerade Gonzales in ebendieser Maskerade vor. Dabei verdrängte ich vollkommen, dass mir das Gleiche blühen sollte.

„Und dann hängen hinter dem Gerüsche meine Klöten raus, oder was denken die sich?", konnte der sich gar nicht mehr beruhigen. „Das können sie vergessen!"

„Du, ich weiß nicht so recht, ob die beiden sich drauf freuen", sagte jetzt mein Frauchen ein wenig zweifelnd. Sie ließ sich von ihrer Freundin aber recht schnell überreden, dass das alles in allem gar nicht schlimm sei. Egal ob wir uns da jetzt drüber freuten oder nicht. Und schließlich hätten sie doch schon lange geplant, mal bei einem solchen Hunde-Halloween-Umzug mitzumachen. Abgesehen davon seien wir doch gewohnt, Klamotten zu tragen. Und ob Mantel, Pullover oder eben Tütü, das sei ja dann wohl egal. Damit waren wir beide in pinkfarbenen Rüschen mit Krönchen auf dem Kopf bei den Zweibeinern eine beschlossene Sache.

Normalerweise wäre es mir recht, wenn ich öfter mal aus meiner Tragetasche herauskäme, um die

Umgebung auf eigene Faust zu erkunden. An dem Tag allerdings wäre ich lieber in meinem Täschchen geblieben. Gonzales strampelte wie ein Berserker, als ihn sein Frauchen auf den Boden setzte, und zog an seiner mit Strass besetzten Leine. Als mein Frauchen mich neben ihm absetzte, hatte ich alle Pfoten voll zu tun, ihn erst mal zur Vernunft zu bringen.

„Wenn du dich aufführst wie ein Verrückter, bringt uns das nicht weiter. Oder willst du dich hier vollends zum Affen machen? Ich nicht. Jetzt hör mir mal zu. Ich habe eine Idee, wie uns das erspart bleibt."

Gonzo hörte augenblicklich auf zu bellen und lauschte, was ich zu sagen hatte.

„Und warum habe ich bei der ganzen Aktion die Rolle der Dramaqueen?", meckerte er herum.

„Ich würde das auch übernehmen, aber bei dir ist es glaubwürdiger."

„Was soll das denn jetzt …"

„Ist doch egal", unterbrach ich ihn, bevor er sich in die Sache hineindenken konnte. „Wichtig ist, dass uns dieser Tütü-Mist erspart bleibt."

„Und du glaubst, das funktioniert?"

„Klar funktioniert das. Und das Beste ist, du darfst dich gleich wieder aufregen."

„Sehr witzig, so schlimm bin ich nun auch wieder nicht."

„Na, wie man's nimmt. Achtung, fang schon mal an zu bellen, gleich geht's los."

Der Plan war, dass wir uns beide fürchterlich aufregen und mit herausquellenden Augen bellen. Gonzo, der bessere Schauspieler von uns beiden, sollte sich nach kurzer Zeit seitlich umfallen lassen und dann mucksmäuschenstill auf dem Boden liegen bleiben. Das würde unsere beiden Zweibeiner völlig verunsichern. Erstens, dass Gonzo sich so gar nicht mehr echauffiert und zweitens, dass er sich freiwillig auf den kalten Boden wirft.

Ein guter Plan, fanden wir. Und ein Besuch beim Tierarzt, der uns danach sicherlich blühte, würde weniger schlimm werden, als mit diesen Utensilien bei einem Halloween-Umzug durch die Stadt laufen zu müssen. Da waren wir uns sicher.

Kaum nahmen die beiden Frauen ihre kläffenden Chihuahuas aus den Tragetaschen, gab es von den umherstehenden Zweibeinern die ersten amüsierten Blicke und deren Vierbeiner gingen auf Abstand zu den tobenden Fellknäulen. Während die beiden auf dem Boden randalierten, sortierten die Frauchen die Verkleidung, bestehend aus pinkfarbenen Tütüs und Krönchen. Die beiden Hunde gaben ihr Bestes und krakeelten alles und jeden an, was zumindest Salvadors Frauchen etwas verdutzt zur Kenntnis nahm, war ihr Rüde doch sonst der wesentlich ruhigere der beiden.

„Dein Gonzales steckt meinen Salvador heute mit seiner Bellerei ja total an", stellte sie fest. Ihre Freundin zuckte nur grinsend mit den Schultern.

„Showdown", kläffte ich Gonzo zu, als sein Frauchen mit den Verkleidungsutensilien in der Hand in die Hocke gehen wollte. Gonzo machte einen kleinen Satz in die Luft und ließ sich auf der Stelle seitlich fallen. Dabei traf er mich. Mein Bruder war nicht nur der Ältere, sondern auch der eindeutig kräftigere, was er im Übrigen nicht gerne hörte, aber es entsprach den Tatsachen. Ich hingegen hatte ihm nicht viel entgegenzuzusetzen, geriet deshalb ins Schwanken und kippte in null Komma nichts um.

Als ich wieder zu mir kam, fand ein Mordsgezeter neben meinen Ohren satt. Es war Gonzo. Nur klang seine Stimme wesentlich höher als sonst, fast hysterisch.

Ich klappte die Augen auf und erstarrte. Kein einziger Laut verließ meine Kehle, auch wenn mir in diesem Moment ein Riesenschreck durch die Glieder fuhr. Ich wünschte mir sogar kurzzeitig, wieder ohnmächtig zu werden.

Warum? Dicht vor meinem Gesicht befand sich ein pinkfarbenes Ungetüm mit Glupschaugen und einem Rüssel.

„Da ist er ja wieder", schnarrte das Monster, während seine Finger mir den Brustkorb massierten. Erst als meine Sinne jäh erwachten, konnte ich erschrocken aufjapsen und auf meine vier Pfoten springen.

„Gott sei Dank, Salvi, du lebst. Ich dachte schon, das Rüsseltier hat dich ausgesaugt!"

„Wie bitte?" Noch wusste ich nicht, worauf Gonzo hinauswollte.

„Du hast meinen großen Auftritt verpasst", begann er zu erklären. „Ich hatte zwar bemerkt, dass ich dich bei meiner Umfallaktion getroffen habe, aber nicht, dass du dabei ausgeknockt wurdest. Also hielt ich mich brav an unseren Plan und stellte mich ohnmächtig, dabei warst du tatsächlich weggetreten. Ich wunderte mich nur nach einer Weile, dass sich keiner um mich kümmerte, obwohl ich die Stimmen unserer Frauchen hörte und eine Stimme, die so ähnlich klang wie die von unserem Tierarzt. Okay, zugegeben, ich habe wahrscheinlich geblinzelt und grinsen musste ich auch über meine Schauspielerei. Da haben die mich wohl nicht für voll genommen und sich gedacht, ich krieg mich schon wieder ein. Banausen. Jedenfalls, als ich dann irgendwann die Augen ganz aufschlug, sah ich das Monster über dir schweben fing an zu zetern ..."

„Da ist er ja wieder", wiederholte die schnarrende Stimme aus dem Rüssel und mein Frauchen rief: „Ein Glück! Ich hatte wirklich Angst um dich, Salvador."

„Der Kleine hat sich nur den Kopf gestoßen", schnarrte das Ding weiter und sah mich an. Entsetzlich. Aber die Stimme klang wirklich ein wenig wie die unseres Tierarztes.

„Wie gut, dass Sie gleich zur Stelle waren!", sagte jetzt mein Frauchen und strahlte das Ungetüm an.

„Der springen ja gleich die Herzchen aus den Augen", bemerkte jetzt auch Gonzo.

„Ist ja echt eine lustige Idee, Doktor Schmauß. So im Partnerlook wollten wir auch mit unseren Kleinen gehen. Wir haben Krönchen für alle", sagte sie und Gonzos Frauchen hielt mit einem verschmitzten Grinsen das erwähnte Zubehör hoch. Ihr Blick flog dabei amüsiert von meinem Frauchen zum rosa Rüsseltier und wieder zurück.

„Aber so eine pinkfarbene Gasmaske, um bei einem Halloween-Umzug auf die Umweltverschmutzung hinzuweisen – das finde ich total toll", schnurrte mein Frauchen. Gonzo und ich drehten uns zueinander.

„Das ist tatsächlich unser Tierarzt", staunte ich.

„Dass der bei so einem Mist mitmacht", ereiferte sich Gonzo.

Erst jetzt fiel uns ein, dass besagter Doktor Schmauß ebenfalls zwei Hunde hatte. Zwei Rehpinscher.

„Ob die die auch hier sind?", fragte mich Gonzo und wie auf Kommando starrten uns im nächsten Moment zwei Minigasmasken aus Pappmaché an und murrten: „Hi. Sollt ihr euch hier auch zu Deppen machen?"

Gonzo täuschte einen Niesanfall vor, um nicht lauthals loszulachen, und mir schossen unvermittelt die Lachtränen in die Augen. Nur mühsam brachte ich Worte des Mitleids über meine Lippen, während Gonzo ein Totalausfall war. Mir taten die beiden aufrichtig leid, aber der Anblick war einfach zum Schießen.

Ich drehte mich zu meinem Frauchen um, die mittlerweile heftig mit dem Doktor in Pink flirtete. Kurz freute ich mich für sie, denn im Grunde genommen war er, auch wenn er Tierarzt war, ein netter Kerl.

Die Freude währte allerdings nur kurz, denn ich hörte doch mein Frauchen sagen: „Da können wir ja vielleicht nächstes Jahr alle zusammen im Partnerlook gehen – so mit Gasmaske. Vielleicht wird sogar eine ganze Bewegung daraus – die rosa Gasmasken gegen Umweltverschmutzung", träumte sie.

„Wie die Gelbwestenbewegung in Frankreich", himmelte er zurück.

„Neeeiiin", jaulten Gonzo und ich.

Ja, so war das neulich. In der Zwischenzeit sind mein Frauchen und Doktor Schmauß ein Paar und wir alle, Gonzo, ich und die beiden Rehpinscher, treffen uns mittlerweile häufiger. Und immer öfter sogar ganz ohne Tragetasche! Was den nächsten gemeinsamen Besuch beim Halloween-Umzug angeht, da haben wir vier schlauen und gerissenen Hundeköpfe längst einen Plan erarbeitet.

Wie der aussieht? Das wird nicht verraten!

Rudolph

Ich hatte nicht die besten Voraussetzungen. Oberflächlich gesehen. In meiner Familie gab es niemanden, der darauf angewiesen war, sich die Welt erklären zu lassen, weil er zum Beispiel blind war. Da könnte man sagen „zum Glück", aber für mein späteres Dafürhalten wäre das eine tolle Gelegenheit gewesen, mir frühzeitig einen beachtlicheren Wortschatz anzueignen. Denn Wörter, die während einer Unterhaltung gerade nicht parat oder schlichtweg unbekannt waren, wurden von meinem Vater mit „Dingsbums" umschrieben.

Und bei uns gab es viele „Dingsbums", denn er wusste es größtenteils nicht besser, sah aber auch keine Notwendigkeit, das zu ändern. Er schlug sich schließlich auch so durch und im Endeffekt wusste doch jeder, wovon er redete. Wenn auch erst nach Umschreibungen, durchaus mit Händen und Füßen.

In meinem Elternhaus wurde ohnehin nie viel gesprochen. Oder am Ende gar diskutiert. Nun ja, der Begriff „Elternhaus" ist falsch gewählt, um genau zu sein. Besser trifft es der Ausdruck „Vaterhaus". An meine Mutter kann ich mich kaum erinnern, wenn dann nur in Sequenzen, die nicht länger als Sekundenbruchteile andauern. Und ob diese Erinnerungen tatsächliche Erlebnisse widerspiegeln und ob diese glücklich, traurig oder neutral waren, kann mein Gefühl mir nicht mehr sagen. Es ist zu lange her.

Erzogen hat mich mein Vater alleine, ein Mann aus einfachen Verhältnissen mit wenig Bildung. In seiner Jugend war schlichtweg nicht vorgesehen, ihn auf eine weiterführende Schule zu schicken. Da erschien es wichtiger, dass alle helfenden Hände zur Ernte, im Stall oder bei der Betreuung der jüngeren Geschwister zur Verfügung standen. Für Bildung gab es keinen Platz. Genauso wenig für Wissen, das über den Horizont des Täglichen hinausging, oder sogar für Bücher mit philosophischen Gedanken. Und es existierte auch kein Platz für Wortgewaltigkeit, Austausch oder Diskussionen. Es herrschte nur Platz für Gehorsam.

Demnach wurde auch in meinem Vaterhaus nicht diskutiert, sondern es gab Regeln und Anordnungen, die von mir zu erfüllen waren. Punkt. So, wie er es aus seiner Kindheit und Jugend kannte. Und für mich war ein typisch weiblicher Weg vorgesehen. Die geringste vorgeschriebene Schulausbildung. Heirat. Kinder. Punkt. Und das, obwohl das Modell bei vielen Familien um uns herum schon gehörig in die Hose ging. Doch über den Tellerrand schauen, um das zu erkennen, war ihm einfach nicht in die Wiege gelegt. Mir unglücklicherweise auch nicht.

Dennoch hatte ich es versucht. Aber ich war nicht genügend vorbereitet auf diese Welt. Zur Unselbstständigkeit erzogen tat ich mich schwer, einen anderen Weg einzuschlagen, als den mir von meinem Vater vorbestimmten. Heirat. Kinder. Punkt. Zu seinem Missfallen wollte mich partout keiner. Und ein bisschen sorgte ich dafür, dass es so blieb.

Damit ich meinem Vater nicht länger auf der Tasche lag und in Ermangelung eines heiratswilligen Mannes, quälte ich mich durch die verschiedenen Verzweigungen eines Berufes, den ich wiederum nur deshalb ergriff, weil die Tochter einer Bekannten meines Vaters, die auch noch denselben Vornamen trug wie ich, diesen bereits ausübte. Und weil ich keinerlei Spielraum und Mut hatte, selbst herauszufinden, was mir unter Umständen besser läge. Dieser Mumm fehlte mir, das muss ich gestehen, auch zu einem späteren Zeitpunkt. So war ich nur mäßig erfolgreich in dem erlernten Beruf, was sich auch monetär auswirkte, da ich mich schlichtweg nicht richtig „verkaufen" konnte. So wie andere das taten. Hier fehlten mir das Selbstvertrauen, die Sicherheit, die Wortgewandtheit, das Diskussionsvermögen. War doch für mich ursprünglich ein anderer Weg bestimmt, einer den ich nicht gehen wollte. Heirat. Kinder. Punkt.

Wie ich an den Einschnitt in meinem Leben kam, an dem ich anfing, zu schreiben, erschließt sich mir heute nicht mehr eindeutig. Aber ich erinnere mich, es ging einher mit dem zwar ungeplanten, aber folgenschweren Einzug meiner Hündin bei mir. Wir fanden im Tierheim zueinander. Zwei abgeschobene, abgestempelte Lebewesen, für die jeweils andere einen Weg vorbestimmt hatten. Einen Weg, der nicht zu uns passte. Keiner nahm Rücksicht auf uns, unsere Bedürfnisse, unsere Stärken oder Schwächen. Wir wurden gelebt. Ich ließ es zu, meiner Hündin blieb keine andere Wahl.

Bis zu dem Tag, an dem ich sie aus dem Tierheim holte. Zuerst versuchte sie, mich zu leben, und umgekehrt. Schließlich fanden wir zueinander und jede akzeptierte die jeweils andere, wie sie war. Und wir wurden immer stärker. Im Verbund, aber auch jede für sich. Nur so konnte ich zu neuen Dimensionen aufbrechen und fing an – mit dem Schreiben.

Zunächst nur irgendwas, keine Tagebücher, nein. Aber Dinge, die mich bewegten, Geschichten, die mir einfielen. Bis ich begann, Krimis zu verfassen, in denen die zuständigen Kommissare nie mit nur einer Leiche davonkamen.

Meine Hündin stand und steht mir immer zur Seite. Bei den Spaziergängen mit ihr hole ich mir die

Ideen, weil ich meine Gedanken einfach treiben lassen kann. Am Schreibtisch verfasse ich die Geschichten, Episoden und Konstellationen dazu und sie liegt zusammengerollt zu meinen Füßen. Ich weiß, dass ich es ihr verdanke, endlich meinen Weg gefunden zu haben, und ich glaube, dass ich ihr die Gelegenheit geben konnte, ihren Weg bei mir zu finden. Wir beide – ganz abseits von: Heirat. Kinder. Punkt.

Als ich die ersten Erfolge mit meinen, besser gesagt mit unseren Krimis feierte, hörte ich Vater bei einem meiner seltenen Besuche zu Hause zu einer Nachbarin sagen: „Ich wusste immer, dass aus ihr doch noch was wird, auch ohne Mann und Kinder."

Mir gegenüber hatte er sich nie zu einer positiven Äußerung dieser Art hinreißen lassen. Ich fühlte mich wie Rudolph, das Rentier mit der roten Nase, das erst von den anderen ernst genommen wird, als Santa Claus ihm anträgt, den Schlitten zu leiten, da es mit seiner Besonderheit, der leuchtenden roten Nase, dafür die besten Voraussetzungen mitbringt.

Bei eben diesem Besuch brachte mir meine Hündin einen alten Plastikkanister aus der Garage meines Vaters und legte ihn mir vor die Füße. Ich verstand sofort.

Er schmeckte das Frostschutzmittel nicht in seiner Cola, die er seit Neuestem literweise in sich hineinschüttete. Der von mir herbeigerufene Hausarzt stellte unverzüglich den Totenschein aus. Herzversagen. Nun ja, er war nicht mehr der Jüngste, sagte er. Nein, sagte ich.

Danach ging alles seinen Gang. Bestattung, Beileidsbekundungen. Und nun sitze ich mit meiner Hündin am Grab. Der Friedhofsverwalter hat eine Ausnahme gemacht für meine Fellnase, da er ein Schulkamerad meines Vaters war. Ja, ich habe meine Bestimmung gefunden. Ganz eindeutig. Und schon rattert das Krimiautoren-Hirn wieder los. Ich stehe auf, nehme meine fröhliche Hündin an die Leine und laufe los, raus aus dem Friedhofsgelände, raus aus meinen alten Lebensleiden.

Eine Tochter, die ihren Vater umbringt. Das ist der Beginn meines neuen Kriminalromans.

Hund vs. Katze

Wie so oft, wenn Zipp und Wayne sich trafen, kabbelten sie sich aus Spaß darum, welches Individuum auf der Welt denn nun das beste und schönste sei: ein Hund oder eine Katze. Etwas anderes kam für die beiden sowieso nicht infrage. Ein weiteres Lieblingsthema war, ob Menschen wohl das Zusammenleben mit einem Hund oder mit einer Katze als schöner und erfüllender empfinden würden. Zipp und Wayne versuchten, Mensch und Tier gleichermaßen zu berücksichtigen, aber im Grunde genommen lag das Hauptaugenmerk auf den Vierbeinern. Zuweilen schweiften sie dabei etwas ab. Und manchmal auch etwas mehr.

Überhaupt waren sie auf diese absurde Diskussion gekommen, weil sie Zipps und Waynes Herrchen dabei belauscht hatten, dass die sich den gleichen Spaß machten mit Hund vs. Katze, also was die bessere Alternative wäre: ein domestizierter Wolf oder ein Stubentiger. Aber die beiden Zweibeiner kamen immer zu demselben Ergebnis, was nicht verwunderlich war, da jeder von ihnen sowohl Hund als auch Katze bei sich zu Hause beherbergte und keiner Art den Vorzug geben wollte.

Zipp und Wayne hingegen würden nie gänzlich einer Meinung sein, was das anbelangte, denn Zipp war ein Hund und Wayne eine Katze. Oder um es genau zu nehmen – hier trafen ein Rüde und ein Kater aufeinander.

Das Kennenlernen der beiden vor geraumer Zeit hatte unter keinem guten Stern gestanden, denn es ergab sich bei der Aufklärung eines niederträchtigen Mordes. Der in der Siedlung bekannte und sehr beliebte Kater Carlo war seinerzeit tot aufgefunden worden und die Ermittlungen, bei denen neben Señor Comandante, einem Schäferhund, und Zipps Katzen-Mitbewohnerin Frau Sturm auch Zipp selbst eine große Rolle spielte, führten zum Täter. Auch Wayne war damals mehr oder weniger in die Sache verwickelt. Das alles lag bereits einige Monde zurück, und Wayne hatte sich mittlerweile zu seinem Vorteil verändert. Nicht nur zur Freude seiner vierbeinigen Mitbewohner – John, sein Bruder, und die beiden Hunde Fran und Bud –, sondern zur Freude der gesamten vierbeinigen Gemeinschaft in der Siedlung. Denn die war seit jenem Tag noch enger zusammengerückt und ja, wir sprechen hier von Hunden und Katzen. Alle hatten ihre Vorurteile der anderen Spezies gegenüber weitestgehend abgelegt und man half sich untereinander, soweit es möglich war.

Nichtsdestotrotz machte es vor allem Zipp und Wayne einen Heidenspaß, sich gegenseitig aufzuziehen und darum zu ringen, welche Haustiere denn nun die „besseren" für ihre Frauchen und Herrchen waren und welche sowieso die Krone der Schöpfung darstellten. Das war der einzige Punkt, in dem sich Zipp und Wayne von Anfang an einig waren. Die Krone der Schöpfung waren sicher nicht die Menschen, auch wenn sie sich viel auf ihren ach so scharfen und analytischen Verstand einbildeten. Genauso wie auf ihre ausgeprägten Daumen an den Händen, mit denen sie, zugegeben, Dosen besser öffnen konnten als sämtliche Vierbeiner. Aber auch dafür würde sich eine Lösung finden, wenn es denn vonnöten wäre. Ja, da waren sich die beiden einig.

So saßen sie auch heute wieder einmal im Garten von Zipps Familie beieinander, ließen sich die Herbstsonne auf den Pelz brennen und philosophierten über den Vorteil, ein Hund oder eine Katze zu sein.

„Ihr Katzen könnt doch überhaupt nichts mit euren Frauchen oder Herrchen zusammen unternehmen. Na gut, mal abgesehen von faul rumliegen. Hunde dagegen können zum Beispiel Sport mit ihren Besitzern machen. Denk doch nur mal, was es da alles gibt. Dogdancing, Agility, Zughundesport und überhaupt schöne und abwechslungsreiche Spaziergänge über

Feld, Wald und Wiese und noch viel mehr. Nicht zu vergessen das Joggen."

„Ich lach mich tot. Du und Joggen? Bei deiner Aerodynamik und deinen Stummelbeinen sieht das dann aber aus wie eine schlitternde Bockwurst."

Zipp atmete tief ein und wieder aus. „Na und? Darum geht es doch nicht, es geht darum, dass es möglich wäre. Und das ist es. Bei Katzen ja nicht oder hast du schon mal jemanden mit einer überkandidelten Fellbürste, wie du es bist, beim Joggen gesehen? Du würdest dich wahrscheinlich bei jedem Staubkörnchen heulend hinschmeißen, um gleich wieder dein Fell sauber zu machen."

„Dir geb ich gleich 'ne überkandidelte Fellbürste. Außerdem wenn du mir was von ‚möglich wäre' erzählst, dann kann ich auch über Wasser gehen. Theoretisch ist nämlich alles möglich."

„Das glaube ich dir sogar, dass du übers Wasser gehen kannst. Aber nicht weil du so toll bist, sondern eine ausgeprägte Hydrophobie hast. Du würdest so schnell über das Wasser flitzen, um ja nicht einzutauchen, dass dir das dann wahrscheinlich sogar mühelos gelänge", lachte Zipp und Wayne bemerkte in dem Moment, dass er sich unfreiwillig selbst in die Nesseln gesetzt hatte.

„Na und? Ich bin schließlich nicht die einzige Katze, die einen ausgiebigen Kontakt mit Wasser nicht ganz so toll findet. Schnürt ja nicht jeder begeistert durch abgestandene Dreckpfützen auf der Suche nach der gammeligsten, um sich genüsslich darin zu wälzen."

„So gesehen, Punkt für dich", antwortete Zipp ruhig und Wayne nickte zufrieden.

„Aber wenn du mit diesem Sportthema auf den Effekt von Hunden für die Gesundheit der Menschen anspielen wolltest, habe ich da auch noch was. Katzen wirken sich mindestens genauso gesundheitsfördernd auf Menschen aus wie Hunde", sagte Wayne mit hoch erhobener Nase. Das tat er einzig und allein, um seinen Kumpel Zipp etwas aus der Reserve zu locken.

Schließlich war der Dackel nicht größer als die Norwegische Waldkatze und das war fast das Einzige, mit dem man Zipp bei seiner Ehre packen konnte – seine Größe. Doch heute war Zipp von Grund auf gut gelaunt, hob nur kurz die Schlappohren nach oben, ignorierte die kleine Anspielung seines Katerfreundes und wollte wissen, wie Wayne auf die Idee kam, dass Katzen gesundheitsfördernd für Menschen seien.

Etwas verschnupft, da seine Provokation nicht die gewünschte Reaktion bei Zipp hervorgerufen hatte, nahm er seine Nase auf normale Höhe zurück und tat so, als hätte er sich gerade nur etwas dehnen wollen. „Katzen beruhigen Menschen allein durch ihre Anwesenheit. Wenn Menschen sie streicheln, dann entspannen sie sich und ihr Herzschlag verringert sich. Das Schnurren hat noch mehr Einfluss, es wirkt wohltuend auf die Zweibeiner. Und so manch einer möchte sich doch nach einem anstrengenden oder nervenden Tag im Büro lieber mit seinem Stubentiger aufs Sofa setzten und chillen, anstatt noch mit einem Hund draußen über Stock und Stein zu hüpfen. Am Ende noch bei schlechtem Wetter. Und danach muss der Vierbeiner auch noch sauber gerubbelt werden, weil er voll Matsch und Dreck hängt. Igitt." „Das finde ich jetzt nicht schlimm. Frische Luft fegt das Hirn durch, kehrt schlechte Gedanken aus dem Kopf und macht Platz für neue Ideen."

„Von welchem Kalenderblatt stammt denn der Spruch", griente Wayne.

„Wenn du das so siehst, von meinem hauseigenen Zipp-Spruch-des-Tages-Kalenderblatt. Ich sehe oft zu, wie Frauchen oder Herrchen sich mit irgendetwas herumgrämen. Dann sind sie zwar zuerst tatsächlich angepisst, dass sie noch mit mir spazieren gehen müssen, raffen sich schließlich aber auf, laufen los und schon während des Spazierganges glätten sich die Falten auf der Stirn und mehr als einmal haben sie mir danach erzählt, dass ihnen dabei eine Lösung für ihr Problem eingefallen ist. Das hat so weit Schule gemacht, dass sogar meine Mitbewohnerin Frau Sturm des Öfteren freiwillig mit uns mitgeht. Natürlich nur bei schönem Wetter, nicht bei Regen. Katze bleibt eben Katze." Auch wenn Zipp Frau Sturm deswegen oft aufzog, war er sehr dankbar, die schlaue Katze zur Freundin zu haben. Sie kam mit dem manchmal knorrigen Rauhaardackel besser zurecht als so manch anderer Hund und sie akzeptierten einander so, wie sie waren.

„Na, ich bin auch so genügend draußen on tour", erwiderte Wayne, „da brauche ich keine langweiligen Spaziergänge rund um die Siedlung."

„Da langweilt sich der Stubentiger doch lieber drinnen mit Herrchen und Frauchen und lässt sich maximal mit einem albernen Spielzeug mit einer grell gefärbten Feder halbherzig bespaßen, ja, ja."

„Ah, ist es wieder so weit? Kommt jetzt wieder die Leier: Alle Hunde sind die Sportskanonen vor dem Herrn und alle Katzen per se faul? Ne, mein Lieber, der Vergleich hinkt. Wir, und damit meine ich natürlich nur die Freigänger, sind sportlicher als jeder Schlittenhund und wir besorgen uns sogar einen Teil unseres Futters wenigstens selbst."

„Puh, ja, indem ihr arme Mäuse erst stundenlang quält, bevor ihr ihnen den Kopf abbeißt, und das Massaker dann meist liegen lasst, weil das Dosenfutter doch besser schmeckt. Meinst du das damit?"

Wayne musste erst einmal tief durchatmen, versuchte aber, den Seitenhieb zu ignorieren. „Geht ihr Hunde doch mal los und fangt eine Maus. Die lacht sich doch tot über euer zielloses Rumgehüpfe auf Feld und Flur und holt gleich noch die gesamte Mäusefamilie zu der gemütlichen und belustigenden Hundebegegnung dazu."

Zipp knibbelte gelassen an der Vorderpfote. „Das ist doch alles nur Show. Wenn wir Hunde eine Maus wirklich fangen wollen würden, dann erwischten wir sie auch. Alles andere ist nur zu unserer Belustigung und dem Ziel gewidmet, die Maus nicht zu verletzen", versuchte Zipp nun, mit allen gebotenem Ernst, sich aus der Affäre zu ziehen. Dabei hob er seine mit krausen Haaren umrandete Nase hochherrschaftlich in die Luft. Wayne drehte sich zur Seite, um Zipp für einen Moment nicht ansehen zu müssen und so einen aufkommenden Lachflash noch zu verhindern.

„Ja ne, ist klar", sagte er, als er sich wieder gefangen hatte. „Veralbern kann ich mich selbst. Die Belustigung gibt es da höchstens für eure Umgebung."

Zipp griente schief. „War immerhin einen Versuch wert. Ich habe tatsächlich in meinem ganzen Leben noch keine Maus erwischt. Aber Finn, der Goldie von der Hochstraße, der ist Meister im Mäusefang. Dafür muss ihn sein Frauchen auch regelmäßig entwurmen. Ob es das wert ist? Ich weiß nicht."

„Gott, ihr empfindsamen Seelchen, dass ihr wegen einer Maus gleich entwurmt werden müsst. Na, egal. Wusstest du eigentlich, dass Katzen gefährlicher sind als Hunde?"

„Wie meinst du das?"

„In Bezug auf Menschen. Also, wenn sie einen beißen, einen Menschen, meine ich. Wenn eine Katze einen Menschen beißt, kann das viel unangenehmer für ihn sein, als wenn er von einem Hund gebissen wird. Okay, okay, das kommt natürlich bei den Hunden auch ein wenig auf die Größe an. Wenn so eine Dogge mal so richtig … Uh, ich darf gar nicht dran denken. Aber abgesehen davon sind Katzenbisse im Grunde genommen für Menschen schlimmer als Hundebisse."

„Ach was, und wie kommst du darauf?"

„Weil Katzenbisse im ersten Moment harmloser aussehen als Hundebisse. Die sind optisch zwar spektakulärer, aber die Fangzähne von uns Miezen sind schärfer und bohren sich tiefer in die Haut und das Gewebe des Menschen. Manchmal sogar bis auf die Sehnen und in die Gelenke hinein. Und dort können sich dann Bakterien wunderbar ausbreiten und Schaden anrichten. Bei euch Hunden sind die Fangzähne stumpfer, weswegen die Bisswunden zwar größer sind, aber eben nicht so tief ins Gewebe gehen."

„Das klingt ja gruselig. Da sieh mal einer an. Gibt es dann bei euch Katzen auch eine Art Beißstatistik wie bei uns Hunden?", zog Zipp seinen Kumpel auf.

„Ich sehe es direkt vor mir: ‚Norwegische Waldkatzen wieder auf Platz eins der diesjährigen Beißstatistik'."

„Ne, so was gibt es nur bei Hunden. Es hat halt doch einige Vorteile, eine Samtpfote zu sein."

„So viele Vorteile kann es gar nicht geben, dass ich mit dir tauschen möchte", grinste Zipp.

„Aber dein Frauchen würde gerne so manches Mal tauschen. Da bin ich mir sicher."

„Wie meinst du das nun wieder?"

„Na, ich glaube, dass sie ab und zu gerne noch einen weiteren Hund hätte anstatt eine Katze", feixte der Dackel. Er dachte an John, Waynes Bruder, an Fran, die wunderschöne stattliche Rottweiler-Hündin, und an Bud, einen Bullterrier, zu denen er ebenfalls eine herzliche Freundschaft pflegte. Wie auch Frau Sturm, seine Mitbewohnerin, die die vier regelmäßig besuchte. Vor allem Fran hatte es ihr angetan, obwohl die Katze immer Angst hatte vor Rottweilern. Aber mit ihrer besonnenen Art hatte Fran die Angst von Frau Sturm vertreiben können.

„Was? Du spinnst wohl! Wie kommst du denn auf die Idee?" Wayne holte Zipp aus seinen Gedanken. „Was du dir in deinen kruden Gedankengängen so manchmal zusammenspinnst, echt."

„Na, ich kann mich noch gut an vergangene Woche erinnern. Das hat nichts mit wirren Gedanken zu tun, das habe ich gesehen."

„Das war doch nix Schlimmes. Deshalb wünscht sich doch mein Frauchen nicht lieber noch einen Hund anstatt einer Katze. Vor allem nicht, wenn sie mich als Mitbewohner hat", brüstete sich die Norwegische Waldkatze und Zipp wusste, dass das zwar Show war, aber nicht einer gewissen Ernsthaftigkeit entbehrte. Denn bei aller gespielten Selbstüberzeugung war da doch ein Stück Wahrheit. Wayne war nicht mehr so extrem extrovertiert und von sich überzeugt wie zu der Zeit, als er mit seiner Familie hierhergezogen war. Aber so ganz ablegen würde er sein Showgetue wohl nie können, war er doch jahrelang von seinen ehemaligen Besitzern auf Ausstellungen gezeigt worden. Nachdem er sich dann einmal mit einem Kontrahenten in die Wolle bekommen hatte, wortwörtlich, und einen großen Kratzer im Gesicht davongetragen hatte, wurde er kurzerhand durch einen anderen Showkater ersetzt und aussortiert. Seitdem wohnte er mit seinem Bruder, der gleich mit ausgemustert wurde, im Haushalt von Fran und Bud.

„Ne, ist klar", prustete der Dackel los. „Deshalb hat dein Frauchen ja auch geschrien wie am Spieß und gesagt, dass sie sich manchmal wünschte, keine Katzen zu beherbergen."

„Die soll sich nicht so haben, das ist ganz normales Katzenverhalten. Im Gegenteil, sie kann sich geehrt fühlen, dass ich das gemacht habe. Kann ich doch nix dafür, wenn John und ich ihre ersten Katzen sind und sie keine Ahnung hat. Herrchen hat ihr dann ja auch erklärt, dass das normal ist. Wenigstens der weiß Bescheid."

„Na komm, deine Familie ist super und das weißt du auch. Ich kann das schon ein bisschen nachfühlen, dass dein Frauchen sich erschrocken hat, als du ihr die Ratte auf die Füße geschmissen hast. Schließlich war dein Frauchen gerade dabei, sich in Ruhe zu sonnen, und dann kommst du und haust ihr das tote Vieh auf die nackten Füße."

„Das war in diesem Zusammenhang kein totes Vieh, sondern ein Liebesbeweis, wenn ich bitten darf. Außerdem haben wir das alle schon abgehakt, jetzt kommst du mit den ollen Kamellen ums Eck. Und überhaupt, wenn wir von ekligen Sachen sprechen, da brauchst du dich nicht auszunehmen. Wenn ich mich recht erinnere, bist du derjenige in eurer Familie, der gerne alte Stücke Wurst, Leckerlis oder angealterte Kadaver ausbuddelt und sie bei euch auf der Terrasse genüsslich verspeist. Oder täuscht mich da meine Gedächtnis?"

„Das ist etwas anderes", entgegnete Zipp. „Das bedeutet nur, dass du nicht weißt, was gut ist. Es geht doch nichts über ein gut durchgereiftes Stück Fleischwurst."

„Na, seid ihr wieder bei eurem Lieblingsthema: Hund oder Katze – wer ist das bessere Haustier für Menschen?"

„Hey, wie lange hörst du uns denn schon zu!" Zipp stupste seinen Hundekumpel zur Begrüßung kurz an die Nase, die der zu ihm herunterhielt.

„Eine Weile. War ja recht amüsant euer Schlagabtausch."

Waynes Nackenhaare hingegen stellten sich auf. Señor Comandante war der einzige Hund in der Umgebung, vor dem er noch immer einen gehörigen Respekt hatte. Er vermied für sich in diesem Zusammenhang das Wort Angst, wobei das objektiv betrachtet besser passte. Der Schäferhund roch die Angst des Katers, ließ sich aber nichts anmerken. Auch er musste beim Anblick von Wayne noch immer an die fürchterlichen Ereignisse rund um Carlos unnötigen Tod denken und an Waynes Beteiligung an dem Ganzen. Doch jeder hatte eine zweite Chance verdient, so empfand es zumindest der Señor, und Wayne musste nach der gerechten Strafe, die die gewählten Rechtsprecher der Siedlung verhängt hatten, sowieso damit leben, dass er Carlo nicht geholfen hatte. Dabei hätte die Norwegische Waldkatze die Kraft dazu gehabt, den außer Rand und Band geratenen Kater Tyson zu stoppen und somit vielleicht sogar Carlos Leben zu retten. Seit diesem Vorfall und der nachfolgenden Strafe für Wayne, die auch durch seine drei Mitbewohner unterstützt wurde, hatte er sich in das Leben hier in der Siedlung gut eingefügt. Aber die Angst vor dem Schäferhund würde er wohl zeitlebens nicht mehr ablegen.

„Na, dann entscheide doch du, wer besser für unsere Menschen ist, Comandante. Ein Hund oder eine Katze", versuchte Zipp, ihn herauszufordern.

„Das werde ich nicht, mein Lieber, und das weißt du genau", entgegnete der Schäferhund ruhig. „Was ich weiß, ist, dass Menschen, die ihre Haustiere gut umsorgen, diese Liebe und Fürsorge zehnfach zurückbekommen. Und da ist es egal, ob es sich um eine Katze oder einen Hund handelt."

„Langweilig", frotzelte Zipp, konnte den Schäferhund aber auch damit nicht aus der Reserve locken.

„Ihr habt doch gerade über die Bisswunden von Hund und Katze gesprochen, richtig? Wusstet ihr, dass es noch gefährlicher als ein Hunde- oder Katzenbiss für einen Menschen ist, wenn ein anderer Mensch ihn beißt?"

„Was?" Wayne war erstaunt und skeptisch, traute sich das dem Schäferhund gegenüber aber nicht zu zeigen. Anders als Zipp. „Das glaubst du doch selbst nicht", nuschelte der in seinen zerzausten Bart.

„Menschenbisse sind am gefährlichsten und hochinfektiös, das ist erwiesen. Im Menschenspeichel sind ganz häufig ungewöhnliche Erreger, es besteht hohe Verletzungsgefahr durch Quetschungen beim Biss und es können gefährliche Krankheiten übertragen werden."

Zipp und Wayne starrten Señor Comandante, den Schäferhund mit den kubanischen Wurzeln und dem angedeuteten schwarzen Schnauzbart, ungläubig an.

„Also wenn das wirklich wahr ist", knurrte Zipp, „dann ist es doch das Sicherste für jeden Menschen, nur mit einem Hund oder einer Katze zusammenzuleben und nicht mit einem anderen Menschen. Insofern sind Hund und Katze gleich gut." Wayne nickte zustimmend.

Herrchen am Herd

Mein Frauchen hat sich den Fuß gebrochen. Die Unglückliche. Und das auch noch während des Gassigehens. Aber ich kann nix dafür, ehrlich! Ich bin weder impulsiv einer Katze hinterhergejagt und hab sie dabei umgerissen, noch stand ich ihr irgendwie im Weg. Im Gegenteil. Ich lief bereits ein paar Schritte vor ihr, als ich sie schreien hörte. Sie ist auf einer Eisplatte ausgerutscht. Ich weiß schon, warum ich den Winter nicht so gerne mag. Obwohl. Frisch gefallenen Schnee finde ich richtig gut. Aber das tut nix zur Sache. Was etwas zur Sache tut, ist, dass Herrchen jetzt für mich kochen muss, weil Frauchen im Krankenhaus liegt.

Ihr müsst wissen, Frauchen schwört darauf, mein Futter selbst zuzubereiten. Da weiß sie wenigstens, was ich bekomme, sagt sie immer. Und ich muss sagen, ihr Essen schmeckt mir wesentlich besser als das Dosenfutter, das ich bei meiner ersten Familie bekommen habe. Unabhängig davon habe ich denen anscheinend nach einem Jahr sowieso zu viel Arbeit gemacht. Oder so ähnlich. Deswegen bin ich wohl im Tierheim gelandet. Aber das tut jetzt auch nix zur Sache.

Mein neues Frauchen jedenfalls kocht für mich. Und das stets auf Vorrat. Fleisch zum Beispiel. Ganz verschiedene Sorten. Und Gemüse. Und stellt euch vor, das Grünzeug schmeckt mir sogar. Obst bekomme ich auch, aber das püriert sie mir immer frisch – lecker, sag ich euch. Na ja, und nachdem ich meinen Futtervorrat mal wieder komplett verputzt habe, muss jetzt Herrchen ran. Ans Kochen, meine ich. Ich höre ihn in der Küche hantieren, er ist nämlich gerade vom Einkaufen zurückgekommen. Ob das alles gut geht? Ach, bestimmt. Aber ich glaube, ich sehe trotzdem besser mal nach, was er so treibt.

Seit Frauchen weg ist, also seit gestern, spricht er vermehrt mit mir, müsst ihr wissen. Ich glaube, er vermisst sie genauso arg wie ich. Gerade hat er mir erzählt, dass ihm Frauchen eine Aufstellung auf sein

Handy geschickt hat, wo sie Schritt für Schritt erklärt, was er machen soll und wie. Diese Liste liegt jetzt ausgedruckt vor ihm.

Toll, denke ich beruhigt, wenn er sich an Frauchens Liste hält, kann nix schieflaufen. Sie hat nämlich alles im Griff. Nun gut, mich manchmal nicht. Ich teste halt doch ab und an, wie weit ich gehen kann, erkenne aber auch genau an ihrer Stimmlage, wann ich den Bogen überspannt habe. Und von da ab hat sie mich wieder im Griff, denn dann gebe ich freiwillig den lieben Hund, weil sie auch immer lieb zu mir ist. Aber zurück zu Herrchen. Der fuhrwerkt gerade in der Küche mit den Einkäufen herum. Ich hab schon erschnüffelt, was in den Tüten ist. Allem voran rieche ich Puten- und Rindfleisch. Dann sind da noch Fenchel und Möhren und Zucchini und Salat. Und Äpfel, Birnen und Bananen. Und ein kleines Stück, das riecht wie Fleischkäse. Hmm, lecker, den bekomme ich nämlich manchmal als Belohnung. Den kocht er hoffentlich nicht mit!

Nachdem Herrchen die Tüten ausgeräumt hat, beginnt er zu sortieren. Er legt das Obst in den Obstkorb und fängt mit dem Gemüse an. Das Fleisch bringt er noch in den Kühlschrank. Mir wäre es zwar lieber, er würde damit beginnen, aber so, wie er es gerade macht, macht Frauchen das auch immer. Also hält er sich an ihre Ausführungen.

Jetzt kramt er nach einem Topf. Da, ganz rechts, Herrchen, das ist der Topf, den Frauchen immer zum Gemüsekochen nimmt. Und auch den komischen Einsatz da. Damit es schonender für das Gemüse wird, sagt sie. Ich verstehe zwar viel von dem, was die Zweibeiner reden, aber das begreife ich nicht. Wieso will sie das Gemüse schonen? Aber egal, mein Frauchen hat den Durchblick, dann wird da schon was dran sein. Ich konzentriere mich wieder auf Herrchen, der tief hinten im Schrank wühlt. Nein, nicht den Topf, Herrchen, denke ich und knuffe ihn mit der Nase an, um ihn zum richtigen zu dirigieren. Aber er grinst nur. „Da probieren wir zwei Männer heute mal was Neues aus, was, Ben?", sagt er zu mir. Ich sehe ihm zu, wie er einen anderen Topf aus dem Küchenschrank zieht und ihn auf den Herd stellt. Den hat Frauchen ja noch nie benutzt. Der stand auch ganz unten im hintersten Schrankeck.

„Bist ja ein bisschen vernachlässigt, wird Zeit, dass du auch mal wieder benutzt wirst, was?", sagt Herrchen zu dem Topf, bekommt aber natürlich keine Antwort. Na gut, denke ich, was soll schon passieren, wenn er einen anderen Topf benutzt. Herrchen nimmt den Deckel ab, der zugegebenermaßen irgendwie merkwürdig aussieht und auch etwas quietscht beim Abnehmen, aber das scheint ihn nicht zu stören.

Er schaut erst ins Innere des leeren Topfes, danach auf Frauchens Liste, schielt auf seine Armbanduhr und nickt stumm. „So mache ich das", murmelt er vor sich hin, wobei er mir nicht verrät, was damit gemeint ist. Danach geht alles seinen gewohnten Gang, wie ich zufrieden und beruhigt feststelle. Herrchen nimmt den Fenchel, die Möhren und die Zucchini und bereitet sie vor, ganz so wie Frauchen das immer tut.

Aber stopp, sie packt das Gemüse immer einzeln in den Topf. Also Fenchel zu Fenchel, Möhren zu Möhren und so weiter. Herrchen schmeißt gerade alles zusammen und gießt ein bisschen Wasser auf. Ob das so richtig ist? Da muss der Topf doch proppenvoll sein! Aber Herrchen zögert nicht, blickt noch mal auf seine Armbanduhr, schließt den Deckel und sieht zufrieden mit sich aus. Dann hat das alles so seine Richtigkeit, nicht wahr, Herrchen? Ich stupse ihn kurz an und er grinst breit. „So, Ben, und in der Zwischenzeit kann ich mich kurz vor den Fernseher setzen und das Hahnenkammrennen in Kitzbühel anschauen und im Handumdrehen ist das Gemüse fertig. Gut, oder? Das geht schneller als bei Frauchen, gell?"

Ich überlege. Na ja, aber ob es genauso gut wird wie bei Frauchen, da bin ich mir gerade nicht so sicher.

Während Herrchen die Küche verlässt und den Flachbildschirm zum Glühen und meine Ohren zum Rauschen bringt, weil er die Lautstärke dabei extrem hochdreht, beschließe ich, mich zur Sicherheit im Flur zu postieren, von dem aus ich einen wunderbaren Überblick über Herd und Küche habe. Einer muss das alles im Auge behalten, finde ich, denn Frauchen bleibt während des Kochens immer in der Küche.

Es dauert nicht lange, da höre ich von meinem provisorischen Liegeplatz aus ein eigenartiges Geräusch. Ich hebe den Kopf. Was ist das? Vorsichtig stehe ich auf, laufe wachsam in Richtung Küche und linse ums Eck. Der Topf steht auf dem Herd. Aber er dampft nicht, so wie der Topf von Frauchen das immer tut, sondern er gibt unter dem Deckel eine Art unterdrücktes Fauchen von sich. Mir kommt das komisch vor und ich laufe zu Herrchen, auch wenn ich den Lärm aus dem Fernsehgerät nicht angenehm finde.

Mein Zweibeiner sitzt mit pfannkuchengroßen Augen vor dem Bildschirm und feuert den Skifahrer an, der sich gerade auf dem Berg nach unten stürzt, und ich frage mich, ob er ernsthaft glaubt, dass der Skiläufer das hört. Aber das tut nix zur Sache. Ich knuffe Herrchen an und versuche ihm zu bedeuten, dass er mit mir mitkommen soll. Aber der versteht mich komplett falsch. „Ja, gleich, Ben. Du bekommst gleich dein Fresschen." Ja, Futter wäre auch schön, denke ich, aber momentan ist mein eigentliches Anliegen ein komplett anderes. Aber er reagiert nicht.

Somit gehe ich alleine zurück in Richtung Küche, um nachzusehen. Vielleicht habe ich mich vorhin getäuscht und alles ist gut. Aber bereits auf dem Weg dorthin höre ich, dass ich mir das Fauchen des Topfes nicht eingebildet habe. Im Gegenteil. Das Geräusch wird nun begleitet von einem hellen schrillen Ton, der klingt wie Frauchens Hundepfeife während unseres Trainings. Es ist, als würde der Topf versuchen, mich zu sich zu rufen. Gruselig. Herrchen hört das Pfeifen jedenfalls nicht und deshalb flitze ich wieder ins Wohnzimmer, wo Herrchen in der Zwischenzeit vom Sofa aufgesprungen ist und sich beinahe in der gleichen Hockstellung befindet wie der Skifahrer auf dem Bildschirm. Er scheint jede Kurve mit ihm mitzufahren. Nebenbei ruft er ihm immer wieder zu, dass er genau so weiterfahren soll.

Ich schlittere über das Wohnzimmerparkett, weil ich nicht rechtzeitig angefangen habe zu bremsen, und knalle mit voller Wucht von hinten gegen Herrchens Unterschenkel. Da ich nun nicht der kleinste Hund bin, bringt ihn mein Aufprall aus dem Gleichgewicht und er kippt nach hinten weg. Gerade noch rechtzeitig kann ich mich in Sicherheit bringen, sodass er nicht auf mich drauffällt.

„Verdammt, Ben, spinnst du?", wettert er los, nur um im gleichen Moment auf den Bildschirm zu starren und festzustellen, dass auch der Skirennläufer sein Ziel nicht erreicht hat und gerade frustriert die letzten Meter hinter sich bringt – ohne Highspeed und mit den Stecken um sich schlagend.

Ich lecke Herrchen übers Gesicht, um mich zu entschuldigen, zerre aber sofort danach an seinem Hosenbein, um ihm zu verstehen zu geben, dass er unbedingt mit mir mitkommen muss. Aber er versteht mich wieder nicht und versucht zuerst, mich abzuschütteln, und danach, mich zu beruhigen, da er meint, sein Rumgehampel hätte mich nervös gemacht. Weil er derart begriffsstutzig ist, renne ich wieder in Richtung Küche, in der Hoffnung, dass er mir direkt folgt. Dort angekommen verharre ich kurz erschrocken, denn zu dem hohen Ton, den der Topf abgibt, fängt er nun noch an, auf der Herdplatte zu vibrieren. Nur verhältnismäßig leicht, aber dunkel und bedrohlich rumpelt er auf der Platte hin und her. Zusätzlich dampft er jetzt absolut fürchterlich und ich schwöre, dass die emporsteigenden Dampfschwaden die Form von lachenden Mündern haben!

Da stimmt etwas überhaupt nicht, ahne ich, hechte in den Flur und fange an zu bellen. Ich muss zugeben, dass sich meine sonst so tiefe Bellstimme leicht überschlägt. Ich wirke auf mich selbst schon fast hysterisch, aber das tut nix zur Sache, denn auf meinen Instinkt kann ich mich verlassen. Und der sieht gerade rot. Mindestens hellrot. Endlich kommt Herrchen ums Eck geeilt und sieht mich zweifelnd an.

Er will gerade an mir vorbei in die Küche laufen, als es passiert. Der Topf macht einen Knall, der Deckel fliegt explosionsartig vom unteren Teil des Topfes weg und mein schönes Gemüse schießt in alle Himmelsrichtungen heraus. Und was soll ich sagen: Die Küche sieht aus wie eine Gemüsepizza. Überall zieren Zucchini-, Fenchel- und Möhrenstückchen den Herd und die Einbauschränke. Die Wände sind übersät von orangefarbenen und grünen Tupfern und Streifen. Was für ein Anblick. Was Frauchen jetzt wohl sagen würde?

„Verdammt, warum hat dieser bescheuerte Schnellkochtopf jetzt nicht funktioniert?", wettert Herrchen mit hochrotem Kopf, aber mehr als diesen einen Satz bringt er in dem Moment nicht zustande. Er steht in der Küche, sieht sich die Bescherung an und mein Gefühl sagt mir, dass er gleich genauso zu rumpeln anfängt wie der Topf kurz vor der Explosion. Sicherheitshalber gehe ich mal drei Schritte zurück. Und tatsächlich fängt er kurz danach an zu fluchen und zu toben und tritt einmal beherzt mit dem Fuß gegen den Mülleimer, der ja nun wirklich in keiner Weise was dafürkann.

Auch wenn ich weiß, dass Herrchen mir nichts tun wird, beobachte ich das Ganze aus sicherer Entfernung. Nachdem sich mein Zweibeiner beruhigt hat, kommt er zu mir, geht in die Hocke – diesmal in die richtige Hocke, keine Abfahrtshocke so wie vor dem Fernseher – und krault mich hinter den Ohren.

„Tja, da habe ich ja jetzt einiges zu tun, bis Frauchen wieder aus dem Krankenhaus kommt", sagt er zu mir und im selben Moment fängt sein Telefon an zu klingeln. „Das ist Frauchen. Zum Glück kann sie das hier nicht sehen", lässt er mich wissen, bevor er sich betont fröhlich mit einem heiteren „Hallo, Schatz, wie geht es dir?" meldet.

Leider kann ich nicht verstehen, was Frauchen am anderen Ende sagt, jedenfalls lauscht Herrchen für einen Augenblick und nach kürzester Zeit ist das Telefonat auch schon wieder beendet. Er lässt das Telefon sinken, sieht mich an und sagt: „Dein Frauchen hat mir nur noch sagen wollen, dass ich unter keinen Umständen den Schnellkochtopf verwenden soll, das Ventil sei kaputt. Nur zur Sicherheit, hat sie gesagt, weil ich ja gerne mal Sachen anders mache, als sie es mir vorschlägt. Aber sie hätte ihn ohnehin schon vor Längerem in die hinterste Ecke des Küchenschranks gestellt, da würde ich ja sowieso nicht danach suchen, hat sie gesagt."

Das ging wohl daneben, Frauchen, denke ich, freue mich aber trotzdem für sie, weil sie ganz sicher eine eins a geputzte und vermutlich frisch renovierte Küche vorfindet, wenn sie aus dem Krankenhaus rauskommt.

Winterspaziergang

Kira, sechs Jahre, vier Beine, in freudiger Erwartung

Hurra, es geht los, wir brechen endlich zum Spaziergang auf! Ich kann es kaum erwarten und renne hin und her. Irgendwie muss die aufgestaute Energie ja raus. Ist auch wirklich eine Ewigkeit her, seit wir das letzte Mal draußen waren. Das ist sicher Tage her.

Oder war das gestern? Oder heute Morgen? Egal. Gefühlt: eine Ewigkeit. Herrchen hat gerade die Zauberworte gesagt, meine Zauberworte, die ich aus Hunderten herauskennen würde:„Gehen wir zwei?" Und wie wir gehen, Herrchen!

Ich bin jedenfalls fertig, meinetwegen kann es auf der Stelle losgehen. Auch ohne Halsband und Leine, was du mir vorher immer noch aufdrängst. Vollkommen unnötig das alles, wenn du mich fragst. Das habe ich ihm schon öfter versucht zu kommunizieren, aber er reagiert da nicht. Also nehme ich es hin, so ist das nun mal.

Meinem Kumpel Buster geht es genauso. Aber das ist jetzt zweitrangig. Da ich ohnehin nicht drum herumkomme, zeige ich Herrchen mal den Weg zu dem Schrank, in dem meine gesammelten Habseligkeiten drin sind. Den hat er anscheinend irgendwie vergessen, weil er in die andere Richtung läuft. Ich tripple mal hin, dann fällt ihm das sicher wieder ein. Nein, nein, nicht ins Schlafzimmer, Herrchen. Hier sind doch meine Sachen, hier in dem Schrank, musst nur die Tür aufmachen …

Patrick, 34 Jahre, zwei Beine, läge gerade lieber auf dem Sofa

Brr, ich muss mit Kira raus. Bei dem Wetter. Ist saukalt da draußen. Könnte mir jetzt Schöneres vorstellen, aber es ist ja notwendig. Außerdem tut mir die frische Luft sicher genauso gut wie Kira.

Muss nur mal schauen, wo ich meinen Skianorak hinhabe. Den kann ich brauchen bei den kalten Temperaturen. Und am besten noch die langen Unterhosen.

Hoffentlich kommt Nina dann nicht gerade nach Hause und sieht mich damit. Die lacht sich sonst wieder weg über mich. Helden in Strumpfhosen, sagt sie immer. Hab aber auch keine Lust, mir die Eier abzufrieren.

Verdammt, wo ist das Zeug nur? Jetzt habe ich schon die komplette untere Schublade durchsucht und nix gefunden. Ich weiß genau, dass ich die Sachen hier das letzte Mal gesehen habe. Vielleicht ist es in der obersten Schublade. Ich hol mal einen Stuhl, sonst kann ich nicht richtig nachsehen.

Kira, sechs Jahre, vier Beine, nach kurzer Verwirrung erneut beschwingt

Oh, oh, Herrchen, kommt aus dem Schlafzimmer. Super, jetzt geht es endlich los! Ich hüpf ihm mal entgegen und hol ihn ab.

Hey, Herrchen, ich bin startklar. Einmal eine Runde um die Menschenbeine, yippie. Komm, ich lauf voraus und zeig dir den Schrank, in dem meine Sachen sind. Dachte ich mir doch, dass du den Weg nicht mehr parat hast. Dann kannst du … Herrchen?

Wo ist er denn jetzt? Der war doch gerade noch hinter mir? Hat er sich verlaufen? Der hätte mir doch nur folgen müssen. Da bleibt mir nichts anderes übrig, als nachzuschauen, wo er ist. Ah, da ist er ja.

Was will er denn mit dem Stuhl? Brauchen wir den zum Gassigehen? Und warum stapft er jetzt wieder zurück ins Schlafzimmer?

Patrick, 34 Jahre, zwei Beine, braucht noch Zeit

Mensch, Kira, ich bin noch nicht so weit. Renn mir doch nicht um die Beine, ich komm ja gleich. Verflixt, jetzt bleib ich auch noch mit dem Stuhl am Türstock hängen und schlage ihn mir gegen das Schienbein. Das gibt einen blauen Flecken.

So, jetzt sehe ich in der oberen Schublade nach. Irgendwo müssen die Sachen ja sein. Hm, keine Ahnung, hier find ich auch nix. Das gibt's doch nicht.

Gut, dann steig ich eben wieder runter vom Stuhl, da bleibt mir nur noch der Keller.

Oh Gott, Kira, was machst du da! Jetzt hab ich dich getreten, Mensch. Selbst schuld, was rückst du mir ständig auf die Pelle. Das wollte ich nicht.

Hab ich dich schlimm erwischt? Zeig doch mal die Pfote. Hey. Jetzt haut sie ab.

Kira, sechs Jahre, vier Beine, betreten und getreten

Herrchen hat mit dem Stuhl in der Hand geflucht. Das war aber nicht wegen mir. Glaube ich jedenfalls. Hab keine Ahnung, was der da macht. Klettert auf den Stuhl und krabbelt halb in den Schrank.

Ich setz mich mal besser dicht ans Stuhlbein und pass auf ihn auf. Ah, er kommt aus dem Schrank raus und will vom Stuhl runter.

Jaul! Er ist mir auf die Pfote getreten. Das hat wehgetan. Ich glaube, jetzt schimpft er doch wegen mir. Ich troll mich besser. Hat er vorhin die Zauberworte gar nicht gesagt und ich habe mich verhört? Aber das kann nicht sein. Ich erkenn die doch.

Jetzt kommt er aus dem Schlafzimmer. Vielleicht geht es gleich doch los? Ich bleib mal unterm Tisch stehen und schau. Oh, er läuft in Richtung Hausflur, dahin, wo auch mein Schrank steht. Da taps ich mal langsam hinterher.

Äh, ne, Herrchen, in die Richtung sind aber nicht mein Schrank und auch nicht die Haustür. Da geht es in den Keller. Och nö, dann leg ich mich eben auf mein Bettchen und warte ab. Kann ja meine malträtierte Pfote etwas ablecken und nachsehen, ob noch alles dran ist. Gut, so schlimm ist es auch wieder nicht, aber was soll ich sonst machen? Obwohl mir das schon einiges abverlangt – das Daliegen und Warten, meine ich. Vor allem das Warten.

Patrick, 34 Jahre, zwei Beine, verwirrt, braucht immer noch Zeit

So, die letzte Chance, dicke Jacke und Skiunterhose zu finden. Die Sachen müssen im Keller sein. Bestimmt in dem Stoffschrank mit Reißverschluss, der aus dem lappigen Vliesmaterial. Mal sehen. Jetzt klemmt auch noch dieser blöde Reißverschluss. Taugt nix, das Zeug … endlich geht er auf. Puh, riechen die Klamotten hier drin muffig. Na, ich will ja mit dem Hund an die frische Luft, da kann die Jacke ausstinken und die Unterhose ist jetzt egal.

Wenn ich das Zeug bloß finden würde! Gibt's das? Es ist nicht da. Ich weiß echt nicht mehr, wo ich noch nachsehen soll. Ob Nina gleich nach Hause kommt? Dann könnte ich sie fragen. Vielleicht hat sie die Sachen verräumt. Wäre mir dann auch egal, was sie über meine langen Unterhosen sagt.

Ach ne, hat sie nicht gesagt, sie kommt heute später, weil sie noch zur Kosmetikerin will? Oder zum Friseur? Oder ist das erst morgen? Ich weiß es nicht mehr. Wenn's blöd läuft, muss ich meine leichte wattierte Jacke anziehen und ohne Skiunterwäsche gehen. Hoffentlich erkälte ich mich dann nicht.

So, Reißverschluss wieder zu. Ich sehe oben doch noch mal im Kleiderschrank nach. Das lässt mir keine Ruhe. Aufs Klo muss ich auch noch, bevor wir losziehen.

Kira, sechs Jahre, vier Beine, liegend, im Modus „gespielte Langeweile"

Oh, Herrchen kommt wieder. Ich bleib mal besser liegen und beobachte ihn vom Bettchen aus. Ich heb nicht mal den Kopf, er soll nicht denken, dass ich darauf warte, dass er mit mir rausgeht.

Patrick, 34 Jahre, zwei Beine, amüsiert, braucht aber noch Zeit

Ich schau grad mal ums Eck. Aha, Kira liegt auf ihrem Bett, mit dem Kopf auf den Pfoten und rollt nur die Augen nach oben. Gespielte Langeweile. Ich soll nicht denken, dass sie eigentlich nur darauf wartet, dass ich mit ihr Gassi gehe.

Die Pfote scheint ja in Ordnung zu sein, da liegt sie schon wieder drauf. Dann bewege ich mich erst ins Bad und danach noch mal ins Schlafzimmer.

Kira, sechs Jahre, vier Beine, mit neu aufkeimender Hoffnung

Herrchen ist eben vorbeigekommen. Ob ich aufstehen soll, um zu checken, was er macht? Sonst verpass ich am Ende was. Schließlich hat er nur kurz reingeschaut und ist wieder in den Flur gegangen.

Nicht, dass der mich vergisst und ohne mich spazieren geht! Oh ne, der geht ins Bad. Was macht er denn da? Ich dachte, wir starten endlich los! Oh, jetzt kommen die Schritte wieder näher. Ich geh ihm mal entgegen.

Patrick, 34 Jahre, zwei Beine, ist noch nicht so weit

Jetzt kann ich ganz entspannt im Schrank rumkriechen und nach der verdammten Jacke suchen. Auf die lange Unterhose pfeif ich. Wird schon ohne gehen.

Kira, was flitzt du denn jetzt ums Eck? Musst du so dringend? Ich beeil mich, aber ein bisschen musst du noch warten. Lässt du mich bitte ins Schlafzimmer durch? Wenn du mir ständig im Weg stehst, geht es nicht schneller! Ja, ich mach ja schon.

Kira, sechs Jahre, vier Beine, die Geduld verlierend

Ich werde meine Taktik ändern. Auf dem Bett liegen hilft nix, jetzt bringe ich mich intensiver in Erinnerung.

Oh, Herrchen erzählt was. Verstehe nur Bahnhof, aber Hauptsache, er redet mit mir, dann vergisst er mich nicht. Warum schiebt er mich jetzt auf die Seite?

Was macht er denn schon wieder im Schlafzimmer? Der soll in den Hausflur, da sind meine Sachen! Ich muss nicht dringend pieseln, aber ich will endlich los, Herrchen!

Patrick, 34 Jahre, zwei Beine, mit Schuldgefühlen

Kira wird aufdringlich. Wahrscheinlich muss sie dringend mal. Langsam bekomme ich ein schlechtes Gewissen. Ich will bloß zum Schrank.

Oh, jetzt fängt sie an zu fiepen. Okay, du hast gewonnen. Ich nehme die dünnere Jacke. Nicht, dass du noch dein Geschäft hier drin verrichten musst. Laufe ich eben etwas schneller, damit mir warm wird.

Jetzt steht sie mir auf dem Weg zum Flur schon wieder quer vor den Beinen und winselt. Schnell das Halsband umlegen, Leine mitnehmen, Gassibeutel nicht vergessen.

Leckerli? Zum Glück sind von gestern noch welche in der Jacke. Passt. Jacke an, die gefütterten Wanderschuhe anziehen, ach nein, da brauch ich ewig zum Zuschnüren.

Gummistiefel. Geht auch, hab ich zwar kalte Füße, aber dem Hund pressiert es. Also, bin leidlich startklar. Verdammt, 'ne Mütze brauch ich noch, sonst friert mein Hirn ein.

Kira, sechs Jahre, vier Beine, mit Nachdruck

Super, es geht endlich los. Wurde aber auch Zeit. Obwohl, nein, wo rennt er denn hin? Schon wieder zum Schrank? Jetzt dauert es mir echt zu lange, ich schnapp mir mal seine Jacke, sonst merkt der nicht, dass ich rauswill.

Patrick, 34 Jahre, zwei Beine, zerknirscht

Himmel, Kira, halt mich nicht an der Jacke fest, ich hol nur noch die Mütze.

Au weh, sie fiept schon laut an der Tür und versucht, sie mit der Schnauze aufzumachen. Süße, das funktioniert so nicht.

Ich bin ja schon da und sperre auf. Siehst du. Auf geht's, mein Mädchen, damit du pieseln kannst. Und ich gehe eben ohne Mütze.

Kira, sechs Jahre, vier Beine, am Ziel

Hurra, aber jetzt! Frische Luft, rennen und Freiheit! Rein „Geschäft-technisch" hätte ich es ja schon noch ausgehalten, aber Herrchens Prozedur hat mir gerade einfach zu lange gedauert.

Analog oder digital?

„Und wozu soll das jetzt noch mal gut sein?"

„Was genau meinst du? Das Hochladen, das Liken oder die Hashtags?"

Bronco bewegte den Kopf hin und her. „Ich verstehe nur Bahnhof, Lino."

Der Border Collie sah sein Gegenüber an. Es war nicht einfach, einer Grauschnauze zu erklären, was in Sachen Social Media alles machbar und möglich war. Wie revolutionär es war, dass sich Menschen über Grenzen und Länder hinweg verbinden konnten. Zu jeder Tages- und Nachtzeit. Vernetzen eben. Oder, überlegte Lino, fehlte schlicht das Interesse aufseiten des alternden Boxers? Nein, das konnte nicht sein, das Thema war endlos spannend. Das hatte er immer wieder mitbekommen, wenn er seinem Frauchen regelmäßig dabei über die Schulter sah – beim Netzwerken.

So konnte er sich zu dem Experten entwickeln, der er heute war. Mittlerweile erging er sich sogar in Träumen, Social-Media-Pendants für Hunde zu erschaffen: Dogface, Dogstagramm oder Dogitter. Er war sich sicher, das würde ein voller Erfolg werden.

Er sah Bronco an, dessen Mundwinkel sowohl rasse- wie auch anatomiebedingt weit nach unten hingen, was allerdings so gar nicht zu seinem Charakter passen wollte. Denn für sein Alter war der Kerl noch ziemlich aufgeweckt und für viele Verrücktheiten zu haben. Lino nahm begeistert zur Kenntnis, dass Bronco vorübergehend sogar sein neuer Mitbewohner sein würde. Sein Frauchen hatte den Rüden am Tag zuvor kurzfristig von ihrer Nachbarin Margarete übernommen, einer älteren, aber äußerst rüstigen Dame. Sie war nach einem Armbruch ins Krankenhaus eingeliefert worden. Da sie wusste, dass sich Bronco mit Lino gut verstand, hatte sie Julia, Linos Frauchen, gebeten, ihren Boxer für diese Zeit zu übernehmen. Und so kam der wiederum in den Genuss eines Crashkurses in Sachen Social Media – ob er nun wollte oder nicht.

Bronco war nicht Linos erster unfreiwilliger Schüler. Lino hatte schon einigen von der Social-Media-Welt vorgeschwärmt. Normalerweise verstanden alle Vierbeiner nach einer mehr oder weniger ausschweifenden Erklärung recht schnell, worauf Lino hinauswollte und wie Social Media funktionierte. Bei Bronco lag die Sache etwas anders. Trotz seines sonst so wachen Geistes schien er in Bezug auf soziale Netzwerke selbst nach der geschmeidigsten Heranführung und schönsten Ausschmückung immer mit mindestens einer seiner vier Pfoten auf der Leitung zu stehen. Meist allerdings mit allen gleichzeitig.

Das ließ Lino trotzdem nicht so schnell verzweifeln. Er brannte für dieses Thema. Bei Bronco musste er eben eine andere Strategie wählen. Und er wusste sogar schon, welche.

Er würde dem alten Haudegen die sozialen Netzwerke anhand des richtigen Lebens erklären und, wo möglich, vergleichende Parallelen ziehen.

„Also, Social Media, oder soziale Netzwerke, sind dazu da, sich mit anderen zu vernetzen, das heißt, sich einfach und unkompliziert mit anderen zu verbinden. Dafür gibt es die verschiedensten Plattformen wie ..."

„Du meinst Ölplattformen, richtig? Kenne ich!", warf der Boxer ein. „Da hat mein Frauchen vor Kurzem eine Dokumentation im Fernsehen angesehen, weißt du?"

Lino zog die Nase kraus. „Das war sicher hoch spannend, aber mit Ölplattformen hat das jetzt nichts zu tun."

„Nicht?"

„Nein." Lino holte Luft. „Plattform bedeutet hier, dass es verschiedene Möglichkeiten und Anbieter gibt. Und zwar deshalb, weil jeder in seiner eigenen Art und Weise kommunizieren möchte. Die einen nur mit Worten, die anderen schießen gern Fotos, und wieder andere kombinieren Bilder und Worte."

„Aha", kam ein Kommentar zurück.

„Und da kann sich dann jeder aussuchen, auf welche Art er eben gern in Verbindung treten möchte. Manche, oder besser gesagt die meisten, sind auf verschiedenen Plattformen unterwegs. Stell dir vor, du begegnest einer netten Hundedame. Mit der kommunizierst du doch zum Beispiel auch anders als mit dem biestigen Flunder-Mix aus Hausnummer drei, oder?"

Broncos Augen weiteten sich ein wenig. „Klar", brummte er, und seine Lefzen samt Mundwinkel zogen sich im Anschluss etwas schief in die Höhe.

Jetzt war er bei der Sache, dachte Lino und setzte gleich nach. „Siehst du, und genauso ist es bei den verschiedenen Plattformen. Jeder kommuniziert so, wie es für ihn passend ist und wie es ihm liegt. Er sucht sich meist die Plattform aus, auf der er sich am wohlsten fühlt. Andere probiert er unter Umständen mal aus, lässt sie aber links liegen, wenn sie ihm keinen Spaß machen."

„Ja, wohlfühlen ist wichtig", bestätigte der Boxer mit einem behaglichen Schmatzen.

„Genau. Und damit die Leute wissen, wer du bist, legst du erst mal ein Profil an. Da packst du dann alles rein, was es über dich zu erzählen gibt oder was du über dich erzählen möchtest."

„Aha", wiederholte Bronco und sah Lino weiterhin aufmerksam an.

„Ein paar sind ehrlich bei den Angaben in ihrem Profil. Manche schummeln aber ein wenig. Sie nehmen Bilder von anderen Personen, schreiben Informationen rein, die nicht stimmen, oder täuschen etwas vor."

„Also so wie der Flunder-Mix aus Hausnummer drei. Markiert auch immer den starken Max, ist aber eigentlich ein Schisser vor dem Herrn", griente Bronco jetzt.

„Genau, du hast es verstanden!", ereiferte sich der Border Collie. Offenbar hatte er den Durchbruch in

Broncos Kopf geschafft. Um ihn bei der Stange zu halten, fuhr Lino nahtlos fort. „Und die Bilder, die du dort veröffentlichst, also hochlädst, sollen zeigen, was du erlebst oder wo du gerade bist. Und das können die anderen dann liken oder Kommentare dazu abgeben. Bevor du jetzt fragst: Liken heißt nichts weiter, als dass die anderen Netzwerker dir mit einem Herzchen, einem ‚Daumen hoch' oder so zeigen, dass sie deinen Post gut finden."

„Pousd?"

„Post, Bronco. Post bedeutet so viel wie Beitrag. Eine Nachricht sozusagen, die aus einem Bild oder einem Kommentar oder beidem bestehen kann."

„Aha", kam erneut. Dann war Stille.

Jetzt nicht resignieren, sondern weiter erklären, dachte sich Lino, das wird noch. Bronco war ja soeben schon mit im Boot gewesen.

„Schau, wenn du auf der Hundewiese Hunden begegnest, da kommunizierst du ja auch. Mit dem einen mehr, mit dem anderen weniger. Da lassen uns unsere Frauchen meist freie Bahn, nicht?"

„Jou", wuffte Bronco und schleuderte seine Lefzen dabei kurz nach oben. „Wir sind ja auch zwei umgängliche Typen."

„So ist es. Das Kommunizieren auf der Hunde- wiese untereinander, also das Beschnüffeln oder

Anwedeln oder auch das Angrummeln, das wäre so, als würdest du einen Kommentar zu einem Post, das heißt einer Nachricht, von einem deiner Kontakte hinterlassen. Meist sind die Nachrichten, die man bekommt, auch freundlich. Ab und an ist allerdings eine dabei, auf die der Verfasser des Posts hätte verzichten können. Aber das ist nun mal so, damit muss man leben. Auf der Hundewiese sind auch nicht alle charmant und höflich."

Bronco nickte wissend.

„Und dann", führte Lino seine Erklärungen weiter aus, „gibt es noch das Hinterlassen von einem Bild inklusive Nachricht. Das kannst du ungefähr gleichsetzen mit dem Markieren. Da hinterlässt du ja auch eine Art Bild mit geballter Information über dich. Um bei dem biestigen Flunder-Mix aus Hausnummer drei zu bleiben: Wenn der irgendwo hin markiert, dann markierst du jedes Mal drüber, richtig?"

„Klar."

„Das ist dann in etwa gleichzusetzen mit einem offenen Kundgeben deiner Meinung zu einem Post, also einer Nachricht, die eine andere ist als die Meinung des Verfassers. So, wie du mit dem Markieren dem Flunder-Mix sagst, dass du hier der King im Ring bist."

„Verstehe", griente Bronco.

Na also, dachte Lino, wird ja. Er setzte noch einen drauf. „Wenn jemand etwas in den sozialen Netzwerken postet, das einige der anderen nicht so toll finden, dann gibt es so was wie einen Shitstorm."

„Einen was?"

„Einen … ach, egal, ich übersetze dir das jetzt mal nicht. Ein Shitstorm ist, wenn sehr viele das, was du an Bildern oder Kommentaren ins Netz gestellt hast, nicht gut finden und das auch kundtun."

Bronco überlegte, und Lino sah die imaginären kleinen Gedankenrädchen regelrecht vor sich, die sich im Kopf des Seniors bewegten. Dann blickte er Lino eindringlich an. „Also, zum Beispiel wenn sich jemand damit brüstet, den Knochen eines anderen Vierbeiners geklaut zu haben. Das könnte so einen Schimpfstorm auslösen?"

Lino schluckte und sah Bronco verwirrt an. Wie kam er denn jetzt auf die Idee? Er wischte sein aufkommendes Unbehagen kurzerhand beiseite. Egal, dachte er, dass er den Knochen gerade jetzt erwähnt, war sicher nur Zufall. Der Border Collie holte tief Luft und bemerkte anerkennend: „Nicht schlecht, du Fuchs, du hast es genau erkannt. Das wäre eine Art von Post, die einen Shitstorm auslösen könnte." Sicherheitshalber fügte er hinzu: „Aber welcher Hund brüstet sich denn schon damit, einen anderen beklaut zu haben? So etwas passiert doch eher ... unabsichtlich oder war ein kleiner dummer Streich."

„Soso, ein Streich also. Aha." Der ältere Herr sah dem Jungspund tief in die Augen. Lino wurde mulmig zumute und etwas zu warm in seinem Fell. Er beschloss, das Gespräch wieder in andere Bahnen zu lenken.

Damit es nicht zu abrupt wirkte, versuchte er, ein wenig abzulenken, und legte den folgenden, seiner Meinung nach ähnlich gelagerten Fall in den sozialen Netzwerken zur Erklärung nach.

„Manchmal passiert es tatsächlich, dass ein Bild oder ein Post von dir verschwindet. Woran das liegt, kann ich dir nicht sagen, aber das ist vereinzelt so. Das ist dann, als würde eine von dir sorgfältig platzierte Markierung vom Gewitterregen fortgespült werden."

Broncos Augen verengten sich. „Oder als ob einfach mein neuer Lieblingsknochen verschwinden würde?"

„Jaaa", antwortete Lino gedehnt, „so kann man das eventuell auch sagen." Er schaute sein Gegenüber prüfend an. Bronco ließ sich von diesem Thema anscheinend nicht abbringen.

Lino dachte an den Tag zurück, als er sich während Julias Besuch bei Nachbarin Margarete Broncos Lieblingsknochen gekrallt und ihn unbemerkt in Frauchens überdimensionale Tasche hatte fallen lassen. Aber das war für ihn gefühlte Ewigkeiten her. Mindestens so vor zwei Wochen oder länger. Nun gut, vielleicht war es auch erst vor ein paar Tagen. Oder vorgestern? Mit dem Zeitgefühl hatte Lino es nicht so. Egal, dachte er, für mich ist es lange her, was bedeutet, dass ich zu dem Zeitpunkt quasi noch ein Welpe war. Also fast. Oder höchstens ein Halbstarker. Weswegen das Ganze, so fand er, unter der Kategorie „jugendlicher Leichtsinn" abgehakt werden sollte. Vor allem, weil er sich just in dem Moment, in dem er den Knochen in Frauchens Tasche hatte rutschen lassen, mies fühlte und sogar versucht hatte, ihn wieder herauszufischen. Aber in diesem Riesending konnte er den Knochen nicht mehr finden. Und dann kam bereits Frauchen zu ihm und ging mit ihm nach Hause. Jetzt würde er das selbstverständlich nie und nimmer mehr tun. Den alten Herrn schien das Verschwinden seines Knochens jedenfalls schwer getroffen zu haben. Das ließ er sich anmerken. Lino schüttelte sich innerlich, um die leidige Erinnerung loszuwerden. Schließlich wollte er sich nicht verraten. Es war ihm unangenehm genug, und er hoffte, sich aus der Situation heil und ohne Geständnis herauslavieren zu können. Nebenbei schwor er sich, so etwas nie wieder zu tun. Heiliges Hundeehrenwort.

Um Bronco abzulenken, beschloss er, einen weiteren Aspekt des Themas Social Media anzuschneiden. „Dann gibt es da noch die Hashtags. Die sind total wichtig. Wenn du während oder nach einem Post ein oder mehrere Hashtags setzt, also solche Rautezeichen", Lino fuchtelte wild mit der linken Pfote in der Luft herum, um das Ganze effektvoller zu gestalten, „mit einem entsprechenden Begriff deiner Wahl, dann finden die anderen deine Nachrichten zu einem bestimmten Thema leichter. Bleiben wir doch beim Knochen."

Lino pokerte und hoffte, dass das direkte Ansprechen desselben ein geschicktes Ablenkungsmanöver war.

„Nehmen wir an, du postest etwas zum Thema Knochen. Dann könntest du vor dem Wort selbst ein Rautezeichen, also einen Hashtag setzen. Das führt dazu, dass alle anderen deinen Beitrag supergut und unkompliziert auffinden."

Broncos hochgezogene Augenbrauen nährten Linos Hoffnung, dass der Boxerrüde seine Aufmerksamkeit wieder der ursprünglichen Unterhaltung zuwenden könnte. „Häsch was? Also, bis eben hatte ich das Gefühl, dass ich dein Soschel Midia langsam verstehe. Aber das ist mir jetzt zu hoch."

Erleichtert nahm der Border Collie zur Kenntnis, dass er Bronco immerhin ein wenig von der unerfreulichen Knochengeschichte weggeredet zu haben schien. Dennoch nagte das schlechte Gewissen an ihm, und er hätte seine Aktion gern rückgängig gemacht. Aber das Geschehene ließ sich nicht so einfach aus seinem Gedächtnis löschen wie zum Beispiel ein misslungener Post in den sozialen Netzwerken. Er fuhr fort: „Wenn du etwas teilst …"

Bronco unterbrach ihn. „Wieso sollte ich etwas teilen wollen?", grummelte er bedrohlich und legte den Kopf schief.

Lino schluckte. Mist, das war der falsche Ansatz. Er überlegte kurz. Gerade als er wieder loslegen wollte, um seine Informationen über Hashtag und Co auszuweiten und damit für Bronco verständlicher zu machen, murrte der vor sich hin.

„Das war echt bescheiden. Auf diesem riesigen Kauknochen hatte ich erst einen Tag lang rumgekaut, und der hätte sicher noch einige Zeit gehalten. So einen tollen hatte ich vorher nie. Keine Ahnung, ob ich so ein Teil noch mal bekomme." Broncos Gesicht legte sich in Falten. „Weiß dein Frauchen da mehr?", bohrte er nach.

„Wie … wie meinst du das?" „Na, ob dein Frauchen vielleicht weiß, wo man so einen Knochen herbekommt?" Broncos Aussage sollte wohl unschuldig klingen, aber der lauernde Unterton in seiner Stimme verunsicherte Lino.

Da marschierte wie auf Kommando Julia, Linos Frauchen, mit kritischem Blick zu den beiden Rüden in den Garten. Lino nahm beklommen zur Kenntnis, dass ausgerechnet die Tasche um ihr Handgelenk baumelte, die sie bei dem verhängnisvollen Besuch bei der Nachbarin dabeigehabt hatte. Er wusste, dass sich der Knochen nach wie vor darin befinden musste. Er hatte ihn in der Zwischenzeit nicht herausnehmen können, weil das Taschenmonstrum die ganze Zeit tief im Schrankinneren verstaut gewesen war. Abgesehen davon hatte er sich erst durch Broncos Erwähnung wieder an den Vorfall erinnert. Als sie bei ihnen ankam, wedelte Julia prompt mit Broncos Knochen vor ihren beiden Nasen herum.

„Sag mal, Lino, wie kommt das denn in meine Tasche?" Kaum hatte sie den Satz ausgesprochen, klingelte ihr Handy. Mit einem gezielten Griff zog sie es aus der Handtasche. Dem jungen Border Collie war es ein Rätsel, wie sie das schaffte. Er hatte nach seinem kleinen Missgeschick bei Margarete ewig in diesem Taschenungetüm nach dem hineingefallenen Knochen gesucht und ihn trotz seiner guten Nase nicht gefunden.

Julia sprach ins Telefon. „Margarete, stell dir vor. Lino hat anscheinend bei unserem letzten Besuch Broncos Knochen in meine Tasche gelegt!" Sie lauschte. „Ja, so was macht er gern mal. Es tut mir leid, dass

Bronco total unglücklich durch dein Haus und den Garten geschlurft ist und überall danach gesucht hat." Wieder entstand eine Pause. „Und ich habe dich noch zusätzlich beunruhigt durch meine Vermutung, Bronco hätte ihn irgendwo vergraben, aber am Ende altersbedingt vergessen, wo." Entschuldigend tätschelte sie Broncos Kopf und streichelte über sein kurzes Fell.

Noch während Julia das Gespräch mit der Zusage beendete, Margarete die benötigten Utensilien ins Krankenhaus zu bringen, drehte sich Broncos Kopf langsam in Linos Richtung. Das erste Mal, seit er den Boxer kannte, hatte Lino Angst vor ihm. Obwohl Bronco sich ansonsten nicht bewegte, sprang Lino auf und trippelte ein paar Schritte rückwärts. Den großen Rüden behielt er dabei im Auge.

„Was, dein Hund klaut?" Die Hauswirtin, die direkt über Julia wohnte, kam in den Gemeinschaftsgarten. Ihre scheppernde Stimme ließ die drei ihre volle Aufmerksamkeit auf sie richten. Unaufgefordert näherte sie sich, wie immer lediglich in eine blau geblümte Kittelschürze gehüllt, die bis zum Bersten gespannt war. „Soso, der kleine Lino. Gerade mal halbstark und schon ein Krimineller. Da darf ich ja meine Schuhe nicht mehr in den Hausflur stellen, sonst sind die genauso weg." Über ihren eigenen Witz lachend watschelte sie an ihnen vorbei und erwartete offenbar keinerlei Antwort. Lino wurde für einen Moment übel bei dem Gedanken, auch nur ansatzweise einen ihrer Schuhe ins Maul zu nehmen. Nicht einmal, wenn Hackfleischbällchen drin lägen, würde er sich an den Galoschen zu schaffen machen.

Wegen der Ablenkung durch die Hauswirtin hatte er nicht bemerkt, dass sich Bronco bedrohlich nahe an ihn herangeschoben hatte und unterdessen direkt vor ihm stand. Der Boxer starrte Lino an, und seine Lefzen hingen ernst und bedrohlich in Richtung Boden. Julia schaute skeptisch auf die beiden herunter. „Man könnte fast meinen, ihr habt verstanden, was ich gerade gesagt habe."

Die Rüden würdigten sie keines Blickes. Sie sprach weiter.

„Lino, weißt du, Margarete hat sich ihren Arm genau in dem Laden gebrochen, in dem sie Bronco einen neuen Superknochen besorgen wollte. Sie konnte es nicht mit ansehen, dass er so traurig und frustriert war." Sie schüttelte resigniert den Kopf. „Auch wenn du noch jung bist: Einem Freund Dinge zu stibitzen ist nicht das, was man unter gutem Miteinander versteht, weißt du?"

Auch jetzt reagierte Lino nicht auf sein Frauchen. Er schärfte seine Sinne für die Bewegungen seines Gegenübers, dem er vor Scham nicht in die Augen sehen konnte. Stattdessen betrachtete er auffallend interessiert den Boden und schnüffelte zum Schein an seinen beiden Vorderpfoten. Lino bereitete sich auf einen Rüffel oder eine Zurechtweisung seitens Bronco vor. Aber nichts davon passierte.

„Lino, komm!", rief sein Frauchen, und erst jetzt registrierte er, dass sie und Bronco schon längst auf dem Weg ins Haus waren. Er hatte nicht einmal bemerkt, wie sich der schwere Boxerrüde in Bewegung gesetzt hatte.

Für den Rest des Tages distanzierte Bronco sich von ihm. Das kam Lino einerseits gerade recht, andererseits fand er es schade, einen weiteren Hund im Haus zu haben, aber nicht mit ihm spielen und kuscheln zu können.

Auf die Idee, sich bei Bronco zu entschuldigen und damit die Sache vielleicht aus dem Weg zu räumen, kam Lino nicht. Am Abend tapste er wie so häufig ins Wohnzimmer, um seinem Frauchen beim Netzwerken über die Schulter zu schauen. Sein vorübergehender Mitbewohner schlief um diese Zeit bestimmt längst. Doch als er um die Ecke bog, sah er, wie Bronco neben Julia auf dem Sofa lag, die Pfoten unter das ergraute Kinn gelegt. Der Boxerrüde verfolgte aufmerksam das Geschehen auf dem Display ihres Laptops, während sein Frauchen mit gleichmäßigen Bewegungen den breiten Hundekopf streichelte. Eifersucht brodelte in Lino hoch, und er war drauf und dran, hineinzugehen und seinen Platz zurückzuerobern. Aber schnell verließ ihn der Mut, und er trollte sich auf seinen Schlafplatz.

Lino fuhr aus dem Schlaf hoch. Mann, war das eine Nacht. Er hatte doch tatsächlich von den Ereignissen des vergangenen Tages geträumt. Müde rieb er sich mit seinen Pfoten über die Augen und sah sich um. Bronco war nirgends zu entdecken. Zum Glück. Er dachte an den Traum zurück.

In dem stand sein Frauchen Julia vor ihm und schimpfte. Dann hörte er obendrein Margaretes Stimme, die in die Schimpftirade einfiel. Als er sich in ihre Richtung drehte, erkannte er, dass nicht nur ihr Arm, sondern zusätzlich beide Beine von den Zehen bis über die Hüfte eingegipst waren. Das war wohl auch der Grund, weshalb sie auf einer Sänfte lag, die wiederum von vier Frauen geschultert wurde. Besser gesagt von vier Ausgaben der Hauswirtin, die am Vortag durch den Garten gelatscht war. Da diese Klone ebenfalls gleichzeitig an ihm herumnörgelten, sah sich Lino sechs keifenden Frauen gegenüber. Julia und Margarete waren in weiße Hosenanzüge gekleidet, während die Doppelgängerinnen der Hauswirtin ausnahmslos schwarze, eng anliegende Shirts und Leggings trugen.

Die obligatorische blau geblümte Kittelschürze hingegen zierte einen anderen Körper – nämlich Broncos! Was für ein Anblick. Auch bei ihm war das Teil bis zum Bersten gespannt. So wie es schien, gab es diese Schürzen nur in einer Größe, und zwar in „zu eng". Bronco fiel in die Schimpftiraden mit ein: Was er, Lino, glaube, dass man sich unter einer echten Freundschaft vorstelle? Und was ihm überhaupt einfalle, seinen Knochen einfach verschwinden zu lassen? Und ob er der Meinung sei, dass irgendjemand nach diesem Vorfall jemals wieder etwas mit ihm teilen wolle? Und dass sein Frauchen, die arme Margarete, nur Linos wegen im Krankenhaus liege, weil sie ihrem geläuterten und bestohlenen Hund einen Ersatzknochen kaufen wollte. Und dass er, Bronco, niemals von ihm gedacht hätte, dass er ihn derart hintergehen würde und …

Danach war Lino mitten in Broncos Moralpredigt aufgeschreckt. Sein Traum war wie ein Shitstorm.

Wieder und wieder kreisten folgende Worte durch seinen Kopf: Es war seine Schuld, dass Margarete sich den Arm gebrochen hatte.

Linos Fantasie überschlug sich. Er sah die Szene vor seinem geistigen Auge. Margarete, die auf der Suche nach Broncos neuem Superknochen von

Geschäft zu Geschäft pilgerte, nur um festzustellen, dass die Dinger überall ausverkauft waren. Ihre Suche glich einer Odyssee, bis sie letztlich geschwächt und ausgezehrt vor Hunger über eine Palette mit Hundefutterdosen stolperte und …

Lino versuchte, diese Vorstellung abzuschütteln, nicht daran zu denken, dass er Schuld hatte. Aber woher sollte die arme Margarete wissen, dass der Knochen die ganze Zeit über im Nachbarhaus lag – in der Tasche seines Frauchens tief verborgen im Kleiderschrank. Was war er doch für ein Scheusal. Hatte nur seine virtuellen Flausen im Kopf und benahm sich im wahren Leben wie ein Egoist auf vier Pfoten.

Laute Schmatzgeräusche aus dem Nachbarzimmer ließen ihn aufmerksam werden, und er stellte die Ohren auf. Es klang so, als wäre Bronco mit irgendetwas beschäftigt. Am Ende mit seinem Lieblingsknochen, den er von Julia zurückbekommen hatte?

Voller Neugier federte Lino von seinem Platz hoch und schlich los. Am Türrahmen angekommen linste er vorsichtig ums Eck. Und tatsächlich: Der Boxer nagte selig an besagtem Knochen. Selbst als er Lino bemerkte, sah er ihn nur kurz an und bearbeitete das Monstrum weiter. Lino war erleichtert. Jetzt, da der Senior seinen vermissten Knochen zurückhatte, durfte er sich ihm vielleicht ungestraft nähern. Ein wenig

Demut und ehrliche Reue zu zeigen, so dachte er, schadete in diesem Fall sicher nicht. Lino legte sich flach auf den Boden und machte sich klein. Er wollte sich gegenüber seinem vorübergehenden Mitbewohner demütig zeigen. Vorsichtig und langsam robbte er mit angelegten Ohren in Richtung von Broncos Bettchen und wartete auf das „okay", sich ihm vollends nähern zu dürfen.

Aber der Senior ließ ihn zappeln. Zwar war der Boxer beileibe nicht nachtragend, er fand jedoch, dass der Grünschnabel mit seiner diebischen Aktion über das Ziel hinausgeschossen war. Und das wollte er ihn noch ein wenig spüren lassen.

Nach für Lino endlosen Minuten sah Bronco endlich auf und erlaubte dem Border Collie, zu ihm zu kommen. Der junge Rüde bewegte sich auch den Rest des Weges tief geduckt.

Der Schreck fuhr ihm in die Glieder, als der stattliche Boxer ohne Vorwarnung eine seiner gewaltigen Vorderpfoten hob und ihn mit einer kräftigen Ausholbewegung in eine Art Schwitzkasten nahm. Eingeschüchtert und in Erwartung einer Abreibung, sah Lino mit großen Augen zu ihm hoch.

„Oh, da war ich wohl gerade ein wenig zu ungestüm", schmunzelte Bronco erheitert, ließ allerdings nur geringfügig locker. „Ich habe nachgedacht", fuhr er fort. „Du hast mir was über Soschel Midia beigebracht, und ich bringe dir dafür etwas fürs Leben bei."

Lino wagte kaum, zu atmen. Noch immer hielt Bronco ihn fest im Griff und sah ihn eindringlich an.

„Ich habe gestern deinem Frauchen ein wenig zugesehen. Ist ja echt ganz interessant, das mit dem Häschtäg und Pousd und wer wen verfolgt." Endlich ließ er ihn los.

„Folgen", berichtigte Lino vorsichtig.

„Was?"

„Das heißt, jemandem folgen. Nicht verfolgen."

„Na egal." Er rückte erneut so nah an Lino heran, dass der seinen Impuls zur Flucht mit aller Willenskraft unterdrücken musste.

„Du bekommst ab sofort bei mir Unterricht im respektvollen Hundemiteinander – völlig analog, versteht sich." Bronco wusste, dass er den naseweisen pubertären Border Collie nur mit seinen eigenen Waffen schlagen konnte, um ihn fürs wahre Leben zu sensibilisieren. „Wir legen sozusagen dein analoges Profil an. Ein offenes und ehrliches Lino-Profil, ohne Schwindel und sonstigen Schnickschnack." Bronco seufzte. „Und ganz nebenbei: Da gibt es einiges zu tun." Er kniff die Augen zusammen. „Wie auch immer. Wir legen nach und nach immer mehr Informationen an, speichern Neuigkeiten und füttern das Profil mit Nachrichten und Bildern, auf die deine Verfolger reagieren können."

Lino schluckte eine weitere Berichtigung von Broncos Ausdrucksweise in letzter Sekunde hinunter, dabei hatte der Hundesenior den Begriff „Verfolger" ganz bewusst gewählt. Jetzt, so war sich der Boxerrüde sicher, hatte er Lino bald am Wickel.

„Ein anständiges Profil", so fuhr er fort, „sollte jeder haben. Aus meiner Erfahrung heraus hat das der eine mehr, der andere weniger. Aber was nicht ist, kann sich im Lauf eines Lebens aufaddieren und verbessern. Und als Dreingabe zeige ich dir, wie du dich in der direkten Nachbarschaft und auf der Hundewiese vernetzen kannst."

Auch wenn Bronco bewusst war, dass Lino sicherlich eine ganz andere Herangehensweise erwartete, würde er das halbe Hemd von Border Collie unter seine Fittiche nehmen. Er würde ihm von Hund zu Hund das echte Leben erklären und ihm etwas über eine aufrechte innere Haltung und ehrliche Werte beibringen. Bronco war nicht entgangen, dass der Jungspund bereits bei seiner Aussage „Profil anlegen" gänzlich bei der Sache war. Und damit hatte der erfahrene Senior recht.

Lino war Feuer und Flamme. Er würde sich mal anhören, was der graubärtige Bronco alles so von sich gab. Endlich ein eigenes Profil. Es wäre zwar erst mal analog, aber hey, irgendwie musste er ja anfangen. Sofort ergab sich Lino seinen Tagträumen, dass er tatsächlich der erste Hund sein würde, der Social-Media-Pendants für seine Artgenossen erschuf. Dogface, Dogstagramm oder Dogitter.

Ja, triumphierte er innerlich, das würde ein voller Erfolg werden.

ENDE

Nachwort der Autorin

Liebe Leserin, lieber Leser,

vielen Dank, dass Sie meinen zweiten Sammelband „All unDOG control" mit zehn Bellotristik-Kurzgeschichten gelesen haben. Ich hoffe, die eine oder andere Geschichte daraus hat Ihnen gefallen (im besten Fall natürlich alle zehn) und ich konnte Ihnen als Hundehalter so manches Mal aus der Seele sprechen.

Meine Bellotristik-Kurzgeschichten basieren zwar nicht auf wahren Begebenheiten, werden aber durchaus ein Stück weit von der Realität inspiriert – was größtenteils wunderbar, positiv und herzerfrischend ist, zuweilen aber auch erschreckend und traurig sein kann, wie zum Beispiel die Fakten rund um das Thema Schönheitsoperationen für Hunde, die mich zu der Geschichte „Doktor Krankenstein" inspiriert haben, die in Sammelband eins zu finden ist.

Der erste Sammelband der Bellotristik-Kurzgeschichten mit weiteren fantasievollen, lustigen und tiefsinnigen Kurzgeschichten ist unter dem Titel „Learning by DOGing" erschienen.

Wenn Sie an Neuigkeiten über anstehende Buchprojekte, Neuerscheinungen oder Gewinnspiele interessiert sind, dann tragen Sie sich unter

www.irisdchris.de in meinen Newsletter ein.

Oder folgen Sie mir einfach bei Facebook oder Instagram:

www.facebook.com/irisdchris
www.instragram.com/irisdchris

Natürlich freue ich mich über ein Feedback zum Buch. Schreiben Sie dazu einfach an meine E-Mail-Adresse: kontakt@irisdchris.de.

Und zu guter Letzt:

Wenn Ihnen die Geschichten gefallen haben, wäre es wunderbar, wenn Sie eine kurze Rezension beim Buch- oder E-Book-Händler Ihres Vertrauens hinterlassen würden und das Buch anderen lesewütigen Hundemenschen weiterempfehlen.

Herzlichen Dank.

Alles Liebe für Sie und Ihre Hunde,
Ihre Iris D. Chris

Noch mehr aus der Bellotristik

Sammelband eins „Learning by DOGing":

Softcover – ISBN: 9783751999625

E-Book   – ISBN: 9783752652857

Kurzgeschichten in Learning by DOGing:

Restaurant

Herzlos

English for dogs

Primelsocke und der weise Welpe

Flirtcrasher

Mordstheater

Sieben Lektionen

Doktor Krankenstein

Zwölf der Bellotristik-Kurzgeschichten gibt es auch einzeln als E-Book

Restaurant – ISBN: 9783750419155 | E-Book

Morfois – ISBN: 9783750432543 | E-Book

Geheimnis – ISBN: 9783750432789 | E-Book

Sieben Lektionen – ISBN: 9783750437579 | E-Book

Traum in Pink – ISBN: 9783750437616 | E-Book

Hund vs. Katze – ISBN: 9783750409125 | E-Book

Winterspaziergang – ISBN: 9783748163497 | E-Book

Herrchen am Herd – ISBN: 9783749482337 | E-Book

Doktor Krankenstein – ISBN: 9783749482344 | E-Book

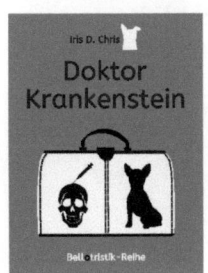

English for dogs – ISBN: 9783749482368 ⏐ E-Book

Mordstheater – ISBN: 9783749482382 ⏐ E-Book

Flirtcrasher – ISBN: 9783749482405 ⏐ E-Book